Leopold Josef Franz Johann Fitzinger

Die Gattungen der Familie der Antilopen (Antilopae), nach ihrer natürlichen Verwandtschaft

Antigonos

Leopold Josef Franz Johann Fitzinger

Die Gattungen der Familie der Antilopen (Antilopae), nach ihrer natürlichen Verwandtschaft

Unveränderter Nachdruck der Originalausgabe von 1869.

1. Auflage 2024 | ISBN: 978-3-38615-494-9

Antigonos Verlag ist ein Imprint der Outlook Verlagsgesellschaft mbH.

Verlag: Outlook Verlag GmbH, Zeilweg 44, 60439 Frankfurt, Deutschland, info@outlook-verlag.de
Vertretungsberechtigt: E. Roepke, Zeilweg 44, 60439 Frankfurt, Deutschland
Druck: Libri Plureos GmbH, Friedensallee 273, 22763 Hamburg, Deutschland

Die Gattungen der Familie der Antilopen *(Antilopae)*, nach ihrer natürlichen Verwandtschaft.

Von dem w. M. Dr. **Leop. Jos. Fitzinger.**

Es ist nicht leicht, eine zweite Familie im gesammten Thierreiche aufzufinden, welche von der älteren bis auf die neueste Zeit so vielfache Schicksale, sowohl rücksichtlich ihrer Begrenzung, als auch der Anordnung und Gruppirung der ihr angehörigen Formen erlitten und so mannigfaltige Ansichten unter den Naturforschern hervorgerufen hätte, als die Familie der Antilopen.

Seit Pallas's Zeiten, der alle ihm bekannt gewesenen, dieser natürlichen Thierfamilie angehörigen Formen unter der von ihm aufgestellten einzigen Gattung *„Antilope"* vereinigte, haben manche Naturforscher gefühlt, wie nothwendig es sei, diese aus so verschiedenartigen und unter sich so sehr abweichenden Thieren bestehende Gattung in mehrere zu theilen.

Blainville war der erste unter den Zoologen, welcher die Gattung *„Antilope"*, so wie sie ursprünglich von Pallas aufgestellt und umgrenzt worden war, oder die heutige Familie der Antilopen in mehrere Abtheilungen geschieden und Untergattungen aus derselben gebildet hat, indem er sie in folgende 9 Gruppen oder Untergattungen zerfällte, zu welchen er die denselben beigefügten Arten zählte.

1. **Antilope.** mit den Arten: *A. Cervicapra.* Pall. — *A. Saiga.* Pall. — und *A. gutturosa.* Pall.;

2. **Gazella,** mit den Arten: *A. Dorcas.* Pall. — *A. subgutturosa.* Güldenst. — *A. Euchore.* Forst. — *A. pygarga.* Pall. — *A. nasomaculata.* Blainv. — *A. melampus.* Lichtenst. — *A. Koba.* Erxleb. — und *A. Kob.* Erxleb.;

3. **Cervicapra,** mit den Arten: *A. Dāma.* Pall. — *A. redunca.* Pall. — *A. Tragulus.* Forst. — *A. melanotis.* Afzel.

— *A. Elcotragus.* Schreb. — *A. acuticornis.* Blainv.
— *A. Oreotragus.* Forst. — *A. Capreolus.* Lichtenst.
— *A. Sylvicultrix.* Afzel. — *A. mergens.* Blainv.
— *A. Grimmia.* Pall. — *A. scoparia.* Schreb. — *A. pygmaea.* Pall. — *A. saltiana.* Blainv. — *A. sumatrensis.* Shaw. — und *A. quadricornis.* Blainv.;

4. **Alcelaphus,** mit den Arten: *A. Bubalis.* Pall. — und *A. Caama.* Cuv.;

5. **Tragelaphus**, mit den Arten: *A. strepsiceros.* Pall. — *A. sylvatica.* Sparrm. — *A. scripta.* Pall. — und *A. Oreas.* Pall.;

6. **Boselaphus**, mit den Arten: *A. picta.* Pall. — und *A. Gnu.* Zimmerm.;

7. **Oryx**, mit den Arten: *A. Oryx.* Pall. — *A. Leucoryx.* Pall. — *A. Gazella.* Pall. — *A. leucophaea.* Pall. — und *A. equina.* Geoffr.;

8. **Rupicapra**, mit den Arten: *A. Rupicapra.* Pall. — und *A. americana.* Blainv. — und

9. **Antilocapra,** mit den Arten: *A. furcifer.* H. Smith. — und *A. palmata.* H. Smith.

Desmarest vermehrte die Zahl der von Blainville aufgestellten Untergattungen um 2, indem er 11 Untergattungen annahm. Er behielt sonach die Blainville'sche Eintheilung grösstentheils bei, schaltete die späterhin bekannt gewordenen Arten in die von demselben aufgestellten Untergattungen ein und errichtete für „*A. Oreas.* Pall.", welche Blainville zu seiner Untergattung „*Tragelaphus*" gezählt, eine besondere Untergattung, die er mit dem Namen „*Oreas*" bezeichnete, und eine zweite für „*A. leucophaea.* Pall." und „*A. equina.* Geoffr.", welche Blainville in seiner Untergattung „*Oryx*" untergebracht hatte, für die er den Namen „*Egocerus*" in Vorschlag brachte.

Von sehr großer Wichtigkeit zur Erzielung einer richtigeren Eintheilung und Gruppirung der Antilopen war die für jene Zeit ebenso gründliche als umfassende Arbeit, welche H. Smith über diesen Gegenstand geliefert.

Er nimmt 3 Gattungen an, von denen er die erste in 16, die zweite in 4 Untergattungen scheidet.

Diese Gattungen mit ihren Untergattungen sind folgende, mit nachstehenden, ihnen beigefügten Repräsentanten:

I. Antilope, mit den Untergattungen:

1. **Dicranocerus,** (*A. furcifer.* H. Smith. — *A. palmata.* H. Smith.);

2. **Aegocerus,** (*A. leucophaea.* Pall. — *A. equina.* Geoffr. — *A. grandicornis.* Herm. — und *A. barbata.* H. Smith);

3. **Oryx,** (*A. Oryx.* Pall. — *A. Leucoryx.* Pall. — *A. Tao.* H. Smith. — *A. Bezoartica.* Erxleb. — *A. Addax.* Lichtenst. — und *A. Kemas.* H. Smith);

4. **Gazella,** (*A. pygarga.* Pall. — *A. mytilopes.* H. Smith. — *A. Dama.* Pall. — *A. Euchore.* Forst. — *A. subgutturosa.* Güldenst. — und *A. Dorcas.* Pall.);

5. **Antilope,** (*A. melampus.* Lichtenst. — *A. Forfex.* H. Smith. — *A. adenota.* H. Smith. — *A. Colus.* H. Smith. — *A. gutturosa.* Pall. — und *A. Cervicapra.* Pall.):

6. **Redunca,** (*A. Eleotragus.* Schreb. — *A. redunca.* Pall. — *A. isabellina.* Afzel. — *A. villosa.* Burch. — und *A. scoparia.* Schreb.);

7. **Tragulus,** *A. Oreotragus.* Forst. — *A. rupestris.* H. Smith. — *A. rufescens.* Burch. — *A. grisea.* Cuv. — und *A. pallida.* H. Smith);

8. **Raphicerus,** (*A. acuticornis.* Blainv. — und *A. subulata.* H. Smith);

9. **Tetracerus,** (*A. Chickara.* Hardw. — und *A. quadricornis.* Blainv.);

10. **Cephalophus,** (*A. sylvicultrix.* Afzel. — *A. quadriscopa.* H. Smith. — *A. Burchellii.* H. Smith. — *A. mergens.* Blainv. — *A. Ptox.* H. Smith. — *A. Grimmia.* Pall. — *A. Maxwellii.* H. Smith. — *A. coerulea.* H. Smith. — *A. perpusilla.* H. Smith. — und *A. Philantomba.* H. Smith);

11. **Neotragus**, (*A. pygmaea.* Pall. — und *A. Madoka.* H. Smith);

12. **Tragelaphus**, (*A. sylvatica.* Sparrm. — *A. scripta.* Pall. — und *A. phalerata.* H. Smith);

13. **Nemorhedus**, (*A. sumatrensis.* Shaw. — und *A. Goral.* Hardw.);

14. **Rupicapra**, (*A. Rupicapra.* Pall.);

15. **Aplocerus**, (*A. lanigera.* H. Smith. — *A. Mazama.* H. Smith. — und *A. Temamazama.* H. Smith) — und

16. **Anoa**, (*A. depressicornis*, H. Smith).

II. Damalis, mit den Untergattungen:

1. **Acronotus**, (*A. Bubalis.* Pall. — *A. Caama.* Cuv. — *A. suturosa.* Otto. — *A. senegalensis.* Cuv. — und *A. lunata.* H. Smith);

2. **Boselaphus**, (*A. Oreas.* Pall. — und *A. Canna.* H. Smith);

3. **Strepsiceros**, (*A. strepsiceros.* Pall.); — und

4. **Portax**, (*A. picta.* Pall.); endlich

III. Catoblepas. (*A. Gnu.* Zimmerm. — *A. taurina.* Burch. — und *A. Gorgon.* H. Smith).

Wagler, der doch sonst in Bezug auf die Errichtung von Gattungen nicht mit allzugroßer Rigorosität zu Werke ging, vereinigte die Antilopen unbegreiflicherweise nicht nur mit den Ziegen und Schafen, sondern auch mit den Rindern in einer einzigen Gattung, die er mit dem Namen „Bos" bezeichnete und in nachstehende drei Abtheilungen brachte.

I. Mit zwei ästigen Hörnern und behaarter Nase (*A. furcifer.* H. Smith — und *A. palmata.* H. Smith);

II. Mit vier einfachen Hörnern (*A. Chickara.* Hardw.) und

III. Mit zwei einfachen Hörnern und kahler Nase.

Diese letztere Abtheilung scheidet er wieder in drei Gruppen, von denen die erste und dritte in zwei Abtheilungen zerfällt, und zwar:

1. Mit sehr kurzem Schwanze.

a) Mit bartlosem Kinne. (*A. Rupicapra.* Pall. — und *A. Oreotragus.* Forst.), die er mit einigen Schafarten (*Ovis montana.* Geoffr. — *Ovis Ammon.* Pall. — und *Ovis Musimon.* Schreb.) zusammenstellt;

b) Mit bärtigem Kinne (*A. lanigera.* H. Smith. — *Capra caucasica.* Güldenst. — und *Capra Ibex.* Linné), welche Abtheilung durchaus nur Ziegen umfaßt;

2. Mit kurzem, buschigem Schwanze (*A. sylvatica.* Sparrm.);

3. Mit langem Schwanze.

a) Mit schmaler Nasenscheidewand (*A. Leucoryx.* Pall. — *A. Addax.* Lichtenst. — *A. Dama.* Pall. — *A. Oryx.* Pall. — und *A. arabica.* Hempr. Ehrenb.)

b) Mit breiter Nasenscheidewand (*A. picta.* Pall. — und *A. Gnu.* Zimmerm.), welche er mit den eigentlichen Rindern (*Bos Caffer.* Sparrm. — *Bos Urus.* Schreb. — und *Bos Bison.* Brisson.) in derselben Abtheilung vereint.

Auf dieses Material gestützt, schlug Wagner folgende Eintheilung vor:

Er scheidet nämlich die Familie der Antilopen, die er jedoch nur als eine Gattung betrachtet und mit den Ziegen, Schafen und Rindern in einer besonderen Gruppe vereinigt, die er mit dem Namen „*Cavicornia*“ bezeichnet, in nachstehende 16 Untergattungen, von denen er einige wieder in besondere Abtheilungen trennt und zählt denselben die hier angeführten Arten bei:

1. **Dicranocerus** (*A. furcifer.* H. Smith);

2. **Gazella,** die er in 4 Abtheilungen scheidet, und zwar:

a) *Gazella* (*A. Dorcas.* Pall. — *A. subgutturosa.* Güldenst. — *A. arabica.* Hempr. Ehrenb. — *A. Mhorr.* und *Nanguer.* Bennett. — *A. pygarga.* Pall. — *A. albifrons.* Harris. — *A. Euchore.* Forst. — und *A. Soemmerringii.* Cretzschm.),

b) *Antilope.* (*A. gutturosa.* Pall. — *A. Cervicapra.* Pall. — *A. melampus.* Lichtenst. — *A. adenota.* H. Smith. — und *A forfex.* H. Smith.),

c) Colus. (A. Saiga. Pall.), und

d) Pantholops. (A. Hodgsonii. Abel.);

3. **Leptoceros** *(A. leptoceros.* Fr. Cuv.);

4. **Redunca,** welche er in zwei Abtheilungen bringt:

    a) Mit deutlich an der Spitze nach vorwärts gekrümmten Hörnern *(A. Defassa.* Rüppell. — *A. Bohor.* Rüppell. — *A. redunca.* Pall. — *A. Eleotragus.* Schreb. — *A. Capreolus.* Lichtenst. — *A. scoparia.* Schreb. — und *A. montana.* Cretzschm.) und

    b) Mit nur schwach an der Spitze nach vorwärts gekrümmten Hörnern *(Kobus ellipsiprymnos.* A. Smith. — *A. unctuosa.* Laurill. — *A. Koba.* Erxleb. — und *A. Kob.* Erxleb.);

5. **Tragulus** *(A. Oreotragus.* Forst. — *A. Tragulus.* Forst. — und *A. melanotis.* Afzel.);

6. **Tetracerus** *(A. quadricornis.* Blainv.);

7. **Tragelaphus** *(A. sylvatica.* Sparrm. — *A. scripta.* Pall. — *A. Decula.* Rüppell, — *A. Zebra,* Gray — und *A. strepsiceros.* Pall.);

8. **Cephalophus** *(A. sylvicultrix.* Afzel. — *A. Ogilbyi.* Waterh. — *A. quadriscopa.* H. Smith, — *A. mergens.* Blainv. — *A. Madoqua.* Rüppell, — *A. Grimmia.* Pall. — *A. pygmaea.* Pall. — *A. natalensis.* A. Smith. — und *A. Frederici.* Laurill.);

9. **Neotragus** *(A. hemprichiana.* Ehrenb. — und *A. spinigera.* Temminck);

10. **Caprina,** welche er in drei Abtheilungen zerfällt, als

    a) Nemorhedus (A. sumatrana. Shaw. — *A. Goral.* Hardw. — *A. bubalina.* Hodgs. — und *A. crispa.* Temmink),

    b) Haplocerus (A. lanigera. H. Smith) und

    c) Rupicapra (A. Rupicapra. Pall.);

11. **Boselaphus** *(A. Oreas.* Pall.);

12. **Anoa** *(A. depressicornis.* H. Smith);

13. **Portax** *(A. picta.* Pall.)·

14. **Rubalus** (*A. Bubalis*. Pall. — *A. Caama*. Cuv. — und *A. lunata*. H. Smith);

15. **Catoblepas** (*A. Gnu*. Zimmerm. — und *A. Gorgon*. H. Smith); und

16. **Oryx**, die er in drei Abtheilungen scheidet, als:

a) *Oryx* (*A. Oryx*. Pall. — *A. Beisa*. Rüppell, — *A. Leucoryx*. Lichtenst. — *A. Gazella*. Pall. — *A. Leucoryx*. Pall.).

b) *Aegoceros* (*A. equina*. Geoffr. — *Aegocerus niger*. Harris) — und

c) *Addax* (*A. Addax*. Lichtenst.).

Von den hier aufgezählten Formen ist jedoch die der Untergattung „*Caprina*" zugetheilte „*Antilope lanigera*." H. Smith, für welche Wagner eine besondere Abtheilung „*Haplocerus*" annimmt auszuscheiden, da dieselbe der Familie der Ziegen (*Caprae*) angehört.

Sundeva, welcher die Antilopen nicht als eine besondere Familie betrachtet, sondern dieselben mit den Rindern, Schafen und Ziegen in einer Gruppe vereiniget, welche er mit dem Namen „*Bovicornia*" bezeichnet und die eine der beiden Abtheilungen seiner ersten Cohorte oder der „*Pecora unguligrada*" bildet, scheidet sie in vier verschiedene Familien:

I. **Sylvicaprina**, mit den Gattungen: Tetraceras, Tragelaphus, — Sylvicapra, — Neotragus, — Nanotragus, — Nesotragus, — Calotragus, — Cervicapra, (aus den beiden Untergattungen *Cervicapra* und *Kobus* bestehend), — Strepsiceros, — und Hippotragus;

II. **Bovina**, mit den Gattungen: Portax, — Damalis, — Anoa, — Catoblepas — und Oryx;

III. **Antilopina**, mit den Gattungen: Bubalis, — Antilope, (die er in die Untergattungen *Gazella*, *Colus*, *Antilope*, *Pantholops*, *Antidorcas* und *Aepyceros* theilt), — und Dicranoceros; endlich

IV. Caprina, mit den Gattungen: Rupicapra, — Nemorhedus (die beiden Untergattungen *Capricornis* und *Nemorhedus* umfassend), — und *Oreotragus.*

Von diesen Familien enthalten nach Ausscheidung der zu den Rindern, Schafen und Ziegen gehörigen Gattungen, die „*Sylvicaprina*" 10 Gattungen und 1 Untergattung, — die „*Borina*" 5 Gattungen, — die „*Antilopina*" 3 Gattungen und 5 Untergattungen, — und die „*Caprina*" 3 Gattungen und 1 Untergattung, oder zusammen 28 Abtheilungen von generischem Werthe.

Seine Gattungen und Untergattungen umfassen folgende Arten:

Tetraceras (*A. quadricornis.* Blainv.);

Tragelaphus (*A. sylvativa.* Sparrm. — *A. Decula,* Rüpp. — *A. scripta.* Pall. — und *A. phalerata.* H. Smith.);

Sylvicapra (*A. mergens.* Blainv. — *A. Modoqua.* Rüpp. — *A. Grimmia.* Pall. — *A. Frederici.* Laurill. — *A. pygmaea.* Lichtenst. — *A. natalensis.* A. Smith. — *A. Philantomba.* H. Smith. — *A. sylvicultrix.* Afzel. — *A. Ogilbyi.* Waterh. — und *Cephalophora coronata.* Gray., welche letztere Art er jedoch nur fraglich dieser Gattung zuweist);

Neotragus (*A. hemprichiana.* Ehrenb.);

Nanotragus (*A. spinigera.* Temmink.);

Nesotragus (*Nesotragus moschatus.* Düben);

Calotragus (*A. Tragulus.* Forst. — *A. melanotis.* Afzel. — *A. scoparia.* Schreb. — und *A. montana.* Cretzschm.);

Cervicapra (*A. Capreolus.* Lichtenst. — *A. Eleotragus.* Schreb. — *A. isabellina.* Afzel, — *A. redunca.* Pall. — *A. Oureby.* Fr. Cuv., die er fraglich zu dieser Gattung zieht, — und *A. Bohor.* Rüpp.);

Kobus (*A. Defassa.* Rüpp. — *A. unctuosa.* Laurill., die ihm jedoch nur eine Abänderung der vorigen zu sein scheint, — und *A. ellipsiprymnos.* A. Smith.);

Strepsiceros (*A. strepsiceros.* Pall.);

Hippotragus (*A. leucophaea.* Pall. — *A. equina.* Geoffr. — und
          Aegocerus niger. Harris);
Portax (*A. picta.* Pall.);
Damalis (*A. Oreas.* Pall.);
Anoa (*A. depressicornis.* H. Smith);
Catoblepas (*A. Gnu.* Zimmerm. — und *Catoblepas Gorgon.* H.
          Smith.);
Oryx (*A. Addax.* Lichtenst. — *A. Leucoryx.* Lichtenst., zu
          welcher er *A. Leucoryx.* Pall. und *A. Gazella.* Pall. als
          Varietäten zieht, — *A. Oryx.* Pall. — und *A. Beisa.*
          Rüpp.)
Bubalis (*A. Bubalis.* Pall. — *A. Caama.* Cuv. — *A. Koba.* Erx-
          leb. — *A. lunata.* H. Smith. — *A. pygarga.* Pall. —
          und *A. albifrons.* Harris.);
Gazella (*A. Dama.* Lichtenst., zu welcher er *A. Dama.* Pall.
          als besondere Abänderung zählt, — *A. Soemmerringii.*
          Cretzschm. — *A. laevipes.* Sundev. — *Capra Dor-
          cas.* Linné, mit welcher er *A. Dorcas.* Lichtenst. —
          A. Kevella. Pall. — *A. Dorcas.* Pall. — *A. Cuvieri.*
          Ogilby, — *A. arabica.* Hempr. Ehrenb. — *A. Ben-
          netti.* Sykes, — und *A. Cora.* H. Smith als besondere
          Varietäten vereiniget, — *A. leptoceros.* Fr. Cuv. — *A.
          subgutturosa.* Güldenst. — und *A. gutturosa.* Pall.);
Colus (*A. Saiga.* Pall.);
Antilope (*A. Cervicapra.* Pall.);
Pantholops (*A. Hodgsoni.* Abel);
Antidorcas (*A. Euchore.* Forst.);
Aepyceros (*A. melampus.* Lichtenst.);
Dicranoceras (*A. furcifer.* H. Smith);
Rupicapra (*A. Rupicapra.* Pall., zu welcher er *A. pyrenaica.*
          Schinz als eine besondere Abänderung zählt);
Capricornis (*A. sumatrensis.* Shaw. — und *A. bubalina.* Hodgs.);
Nemorhedus (*A. Goral.* Hardw. — und *A. crispa.* Temminck)
          — und
Oreotragus (*A. Oreotragus.* Forst.)

Gray schied in neuester Zeit die große Familie der Antilopen,
zu welchen er auch die zu den Ziegen *(Caprae)* gehörige Gattung
„*Haplocerus*“ zählt, während er die Gattung „*Anoa*“ den Rindern

(Boves) zuweist, in drei Hauptgruppen mit nachstehenden Merkmalen:

I. **Feld-Antilopen.** Nase zugespitzt, Nasenlöcher kahl, vorne aneinander geschlossen, nach hinten zu divergirend.

II. **Sandwüsten-Antilopen.** Nase breit, fast hirschartig, Nasenlöcher weit, unten behaart und mit reihenweise gestellten Borstenhaaren besetzt, Schnauze schmal, Beine ziemlich stark, Hufe groß. Schwanz lang, Hörner auf der Stirnleiste stehend; und

III. **Drehhörnige Antilopen.** Leib mit weißen Streifen und Flecken gezeichnet, Nasenlöcher genähert, Hörner gewöhnlich von der Wurzel an nach rückwärts geneigt, Euter klein, mit vier Zitzen, Schädel etwas hirschartig, mit ziemlich kleiner Nasenöffnung, mangelnder unterer Augenhöhlengrube und nur kleiner unterer Augenhöhlenspalte.

Die **Feld-Antilopen** theilt er wieder in drei kleinere Gruppen ein, nämlich:

1. **Eigentliche Antilopen.** Mäßig groß, leicht und schmächtig, Hufe klein, Schwanz kurz oder mittellang und bis zur Wurzel mit längeren Haaren besetzt, Hörner leier- oder kegelförmig;

2. **Hirschartige Antilopen.** Groß und stark, dickleibig und schwerfällig, Beine stark, Hufe groß, Schwanz ziemlich lang, an der Wurzel walzenförmig und mit kurzen Haaren besetzt, an der Spitze buschig und öfters zusammengedrückt, Hörner leier- oder kegelförmig; und

3. **Ziegenartige Antilopen.** Schwerleibig und schmächtig, mit rauhen steifen oder wolligen Haaren, Beine stark, Hufe und Afterklauen groß, Schwanz sehr kurz, flachgedrückt und bis zur Wurzel behaart, Hörner kegelförmig und nach rückwärts gekrümmt.

Die **Sandwüsten-Antilopen** bringt er in zwei Gruppen und zwar:

1. **Pferdartige Antilopen.** Nase sehr breit, flachgedrückt, weich, schwammig und borstig; und

2. **Rindartige Antilopen.** Nase mäßig breit, mit mäßig großer feuchter, oder kleiner kahler Nasenkuppe, Backenzähne schmal, mit einem Nebenlappen, der mittlere Schneidezahn gegen das Ende ausgebreitet.

Die **drehhörnigen Antilopen** endlich scheidet er gleichfalls in zwei Gruppen:

1. **Afrikanische.** Hörner stark, Thränengruben rudimentär, Beine fast von gleicher Länge; und

2. **Asiatische.** Hörner kurz, Thränengruben lang, Schultern viel höher als das Kreuz.

Von diesen Gruppen enthalten die eigentlichen Antilopen folgende 17 Gattungen, die er in nachstehende zwei Abtheilungen bringt:

a) Hörner leierförmig (selten cylindrisch oder subspiral) und an der Wurzel stark geringelt; Nase schafartig, ohne kahle Nasenkuppe; Weichengruben tief; Thränengruben gewöhnlich gut entwickelt.

Zu dieser Abtheilung zieht er die Gattungen:

Saiga (*A. Saiga.* Pall.), — **Kemas** (*A. Hodgsonii* Abel), **Gazella** (*A. Dama.* Pall. — *A. Mhorr.* Bennett, — *A. Soemmerringii*, Cretzschm. — *A. Dorcas.* Lichtenst. — *A. Dorcas.* Pall. — *A. laevipes.* Sundev. — und *A. subgutturosa.* Güldenst.), — **Procapra** (*A. gutturosa.* Pall. — und *Procapra picticauda.* Hodgs.), — **Tragops** (*A. Bennettii.* Sykes), — **Antidorcas** (*A. Euchore.* Forst.), — **Aepyceros** (*A. melampus.* Lichtenst.), — und **Antilope** (*A. Cervicapra.* Pall.)

b) Hörner klein, schlank, gerade, kegelförmig, mehr oder weniger divergirend und oft an der Spitze nach rückwärts gekrümmt, Nasenkuppe gewöhnlich groß und kahl.

Dieser zweiten Abtheilung weist er folgende Gattungen zu:

Tetracerus (*A. quadricornis.* Blainv. — und *A. subquadricornis.* Elliot.), — **Calotragus** (*A. Tragulus.* Forst. — und *A. melanotis.* Afzel.), — **Scopophorus** (*A. scoparia.* Schreb. — und *A. montana.* Cretzschm.), — **Oreotragus** (*A. Oreotragus.* Forst.), — **Nesotragus** (*Neso-*

tragus moschatus. Düben), — **Neotragus** (*A. hempri-chiana.* Ehrenb.), — **Cephalophus** (*A. pygmaea.* Lichtenst. — *Cephalophus punctulatus.* Gray, — *Cephalophus Whitfieldii.* Gray, — *Cephalophus dorsalis.* Gray, — *Cephalophus rufilatus.* Gray, — *A. natalensis.* A. Smith, — *A. Maxwellii.* H. Smith, — *Cephalophus melanorheus.* Gray, — *A. sylvicultrix.* Afzel. — *Cephalophus niger.* Gray, — *A. Ogilbyi.* Waterh. — *A. quadriscopa.* H. Smith, — *A. mergens.* Blainv. — *Cephalophus Campbelliae.* Gray. — *Cephalophus coronatus.* Gray, — und *A. Madoqua.* Rüppell), — **Nanotragus** (*A. spinigera.* Temminck) — u. **Eleotragus** (*A. Capreolus.* Lichtenst. — *A. Eleotragus.* Schreb. — und *A. redunca* Pall.).

Die hirschartigen Antilopen umfassen folgende fünf Gattungen.

Adenota (*A. Forfex.* H. Smith — und *A. adenota.* H. Smith.), — **Kobus** (*A. ellipsiprymnos.* A. Smith., — und *A Defassa.* Rüppell), — **Aigocerus** (*A. equina.* Geoffr. — und *Aegocerus niger.* Harris), — **Oryx** (*A. Leucoryx* Pall. — *A. Beisa.* Rüppell — und *A. Oryx.* Pall.) — und **Addax** (*A. Addax.* Lichtenst.).

Die ziegenartigen Antilopen bieten nach Ausscheidung der zu den Ziegen *(Caprae)* gehörigen Gattung *Mazama (Haplocerus)* nur vier Gattungen dar:

Capricornis (*A. sumatrensis.* Shaw., — *A. bubalina.* Hodgs. — und *A. crispa.* Temminck), — **Nemorhedus** (*A. Goral.* Hardw.), — **Rupicapra** (*A. Rupicapra.* Pall.), — und **Antilocapra** (*A. furcifer.* H. Smith).

Die pferdartigen Antilopen sind nur durch eine einzige Gattung repräsentirt:

Catoblepas (*A. Gnu.* Zimmerm. — und *Catoblepas Gorgon.* H. Smith).

Die rindartigen Antilopen enthalten zwei Gattungen:

Boselaphus (*A. Bubalis.* Pall. — und *A. Caama.* Cuv.) — und **Damalis** (*A. senegalensis.* Cuv. — *A. lunata.* H. Smith, — *A. Zebra.* Gray, — *A. pygarga.* Pall. — und *A. albifrons.* Harris).

In den afrikanischen drehhörnigen Antilopen zählt er drei Gattungen:

Strepsiceros (*A. strepsiceros.* Pall.), — **Oreas.** (*A. Oreas.* Pall.* — und *Oreas Derbyanus.* Gray), — und **Tragelaphus** (*Tragelaphus Euryceros.* Gray, — *Tragelaphus Angasii.* Gray, — *A. scripta.* Pall., — *A. Decula.* Rüppell, — und *A. sylvatica.* Sparrm.)

Die asiatischen drehhörnigen Antilopen endlich umfassen nur eine einzige Gattung;

Portax (*A. picta.* Pall.).

Die Zahl der von Gray angenommenen Gattungen beträgt sonach 33.

Temminck brachte für die Antilopen eine Eintheilung in Vorschlag, nach welcher die von den verschiedenen Autoren seither aufgestellten Gattungen, die er jedoch zu verringern und auf 16 zu beschränken sich veranlaßt fand, in zwei großen Gruppen zu vertheilen sind, und zwar:

I. Antilopen, deren Weibchen ungehörnt sind, und

II. Antilopen, deren Weibchen gehörnt oder mit Büscheln versehen sind.

Auch Turner, der die Antilopen zum Gegenstande seiner Untersuchungen gemacht, trat mit einem Entwurfe zu einer Eintheilung derselben auf und lieferte so manche wichtige Anhaltspunkte zu einer richtigen Gruppirung der Arten. Er behielt zwar die von Gray vorgeschlagene Eintheilung beinahe vollständig bei, verminderte aber die Zahl der von diesem angenommenen Gattungen und charakterisirte dieselben nach der Bildung des Schädels und der Hörner.

Bald darauf unterzog Wagner die Antilopen unter Berücksichtigung der von seinen Vorgängern mittlerweile gewonnenen Erfahrungen, einer abermaligen Bearbeitung und gelangte hiebei zu einer Eintheilung, welche von der früher von ihm in Vorschlag gebrachten wesentliche Abweichungen darbietet.

Seiner ursprünglichen Ansicht, die Familie der Antilopen nur als eine Gattung in der Abtheilung der „*Cavicornia*“ unter den Wiederkäuern zu betrachten, ist er auch bei dieser neueren Bearbeitung derselben getreu geblieben.

Er theilt sie in acht verschiedene Gruppen ein, zu welchen er nachstehende 19 Untergattungen zählt, von denen er einige wieder in besondere Abtheilungen scheidet und reiht denselben die hier beigefügten Arten ein.

Seine Gruppen sind folgende:

I. Wulstnasige Antilopen, *Antilopae nasutae*, mit den beiden Untergattungen:

   Colus (*A. Saiga.* Pall.), — und Pantholops (*A. Hodgsonii.* Abel.).

II. Gazellen-Antilopen, *Antilopae gazellinae*, mit nachbenannten 6 Untergattungen:

   Antilope, die er wieder in folgende 6 Abtheilungen scheidet: **Gazella** (*A. Dorcas.* Pall. — *A. arabica.* Hempr. Ehrenb. — *A. laevipes.* Sundev. — *A. subgutturosa.* Güldenst. — *A. Dama.* Pall. — *A. Mhorr.* Bennett, — und *A. Soemmerringii.* Cretzschm.), — **Tragops** (*A. Bennettii.* Sykes, — *A. Hazenna.* Jacquem. — und *A. leucotis.* Lichtenst. Peters), — **Antidorcas** (*A. Euchore.* Forst.), — **Leptoceros** (*A. leptoceros.* Fr. Cuv.), — **Antilope** (*A. gutturosa.* Pall. — *Procapra picticauda.* Hodgs. — und *A. melampus.* Lichtenst.), — und **Cervicapra** (*A. Cerricapra.* Pall.);

   Tetracerus, (*A. quadricornis.* Blainv.);

   Calotragus, mit den 3 Abtheilungen: **Calotragus** (*A. Tragulus.* Forst. — und *A. melanotis.* Afzel.), — **Scopophorus** (*A. scoparia.* Schreb. — *A. hastata.* Peters. — und *A. montana.* Cretzschm.), — und **Oreotragus** (*A. Oreotragus.* Forst.);

   Nanotragus, mit den beiden Unterabtheilungen: **Neotragus** (*A. hemprichiana* Ehrenb.), — und **Nanotragus** (*Nesotragus moschatus.* Düben — und *A. spinigera.* Temminck);

   Cephalophus, (*A. mergens.* Blainv. — *A. ocularis.* Peters, — *Cephalophus Campbelliae.* Gray, — *A. altifrons.* Peters, — *Cephalophus coronatus.*

Gray. — *A. Madoqua.* Rüppell, — *A. sylvicultrix*, Afzel. — *Cephalophus Pluto.* Temminck, — *A. Ogilbyi.* Waterh. — *Cephalophus dorsalis.* Gray, — *Cephalophus rufilatus.* Gray, — *A. natalensis.* A. Smith, — *A. Maxwellii.* H. Smith, — *Cephalophus melanorheus.* Gray, — *A. pygmaea.* Pall. — *Cephalophus punctulatus.* Gray, — *Cephalophus Whitfieldii.* Gray, — und *A. quadriscopa.* H. Smith); — und

Redunca, mit den 3 Abtheilungen: **Eleotragus** (*A. Capreolus.* Lichtenst. — *A. Eleotragus.* Schreber und *A. isabellina.* Afzel., — *A. redunca.* Pall., — und *A. Bohor.* Rüppel); — **Adenota** (*A. Koba.* Erxleb. und *A. Kob.* Fraser, — und *Adenota Leché.* Gray); — und **Kobus** (*Kobus ellipsiprymnus.* A. Smith, — und *A. Defassa* Rüppell und *A. unctuosa.* Laurill.).

III. Oryx-Antilopen, *Antilopae orycinae*, mit der einzigen Untergattung:

Hippotragus, die er in 3 Abtheilungen scheidet: **Hippotragus** (*A. equina.* Geoffr. und *A. leucophaea.* Pall., — und *Aegocerus niger.* Harris), — **Oryx** (*A. Oryx.* Pall. — *A. Beisa.* Rüppell, — *A. Leucoryx.* Pall. mit den beiden Varietäten: *A. Leucoryx.* Lichtenst. und *A. Gazella.* Pall), — und **Addax** (*A. Addax.* Lichtenst.)

IV. Schrauben-Antilopen, *Antilopae strepsicerinae*, mit 2 Untergattungen:

Taurotragus, die er wieder in zwei Abtheilungen scheidet: **Taurotragus** (*A. Oreas.* Pall. — und *Boselaphus Derbyanus.* Gray), — und **Anoa** (*A. depressicornis.* H. Smith.); — und

Tragelaphus, die er gleichfalls in 2 Abtheilungen trennt: **Strepsiceros** (*A. strepsiceros.* Pall.), — und **Tragelaphus** (*A. euryceros.* Ogilby, —

Tragelaphus Angasii. Gray, — *A. scripta.* Pall. — *A. Decula.* Rüppel, — und *A. sylvatica.* Sparrm.

V. Elk-Antilopen, *Antilopae alcinae*, mit 3 Untergattungen:

Bubalis, die er in 2 Abtheilungen sondert: **Bubalis** (*A. Bubalis.* Pall. — *A. Caama.* Cuv. — und *A. Lichtensteinii.* Peters), — und **Damalis** (*A. lunata.* H. Smith, — *A. senegalensis.* H. Smith, — *A. pygarga.* Pall. — und *A. albifrons.* Harris);

Catoblepas, (*A. Gnu.* Zimmerm. — und *A. Gorgon.* H. Smith); — und

Portax, (*A. picta.* Pall.).

VI. Bison-Antilopen, *Antilopae budorcinae*, mit der einzigen Untergattung:

Budorcas (*Budorcas taxicolor.* Hodgs.).

VII. Ziegen-Antilopen, *Antilopae caprinae*, mit 3 Untergattungen:

Capricornis, die er wieder in 3 Abtheilungen bringt: **Capricornis** (*A. bubalina.* Hodgs. — und *A. sumatrensis.* Shaw.), — **Capricornis!** (*A. crispa.* Temminck), — und **Nemorhedus** (*A. Goral.* Hardw.);

Haplocerus (*A. lanigera.* H. Smith); — und

Rupicapra (*A. Rupicapra.* Pall., zu welcher er auch *A. pyrenaica.* Schinz. zieht). Endlich

VIII. Reh-Antilopen, *Antilopae furciferes*, mit der einzigen Untergattung:

Dicranocerus (*A. furcifer.* H. Smith).

Auch bei dieser neueren Bearbeitung der Antilopen hat Wagner die zur Familie der Ziegen *(Caprae)* gehörige „*A. lanigera.*“ H. Smith, für welche er eine besondere Untergattung „*Haplocerus*“ angenommen hatte, irrigerweise den Antilopen eingereiht.

Der jüngste Versuch einer naturgemäßen Eintheilung der Familie der Antilopen in Gruppen und Untergattungen rührt von Giebel, der dieselbe jedoch eben so wie Wagner, nicht für eine besondere Familie, sondern nur für eine Gattung angesehen wissen will.

Nach dem Vorgange von Temminck scheidet er dieselbe je nach dem Vorhandensein der Hörner bei beiden Geschlechtern oder nur bei den Männchen allein, in zwei große Gruppen und weiset jeder derselben 6 Untergattungen zu, daher er im Ganzen nur 12 Untergattungen annimmt.

Seine Eintheilung ist folgende:

I. **Gruppe. Beide Geschlechter gehörnt**, mit den Untergattungen:

1. **Oryx** (*A. Oryx.* Pall. — *A. Leucoryx.* Pall. — *A. Gazella.* Pall. — und *A. leucophaea.* Pall.);

2. **Bubalus** (*A. Addax.* Lichtenst. — *A. Bubalis.* Pall. — *A. Caama.* Cuv. — *A. Lichtensteinii.* Peters, — und *A. lunata.* H. Smith);

3. **Catoblepas** (*A. Gnu.* Zimmerm. — und *A. Gorgon.* H. Smith);

4. **Bovina.** *A. depressicornis.* H. Smith. — und *A. Oreas.* Pall.);

5. **Caprina** (*A. sumatrana.* Shaw, — *A. bubalina.* Hodgs. — *A. crispa.* Temminck, — *A. Goral.* Hardw. — *A. lanigera.* H Smith, — *A. Rupicapra.* Pall. — und *A. furcifer.* H. Smith.); — und

6. **Gazella** (*A. Dorcas.* Pall. — *A. subgutturosa.* Güldenst. — *A. arabica.* Hempr. Ehrenb. — *A. Dama.* Pall. — *A. Soemmerringii.* Cretzschm. — *A. pygarga.* Pall. — *A. Euchore.* Forst. — und *A. leptoceros.* Fr. Cuv.).

II. **Gruppe. Nur die Männchen gehörnt**, mit den Untergattungen:

1. **Tragelaphus** (*A. sylvatica.* Sparrm. — *A. scripta.* Pall. — *A. Decula.* Rüppell, — und *A. strepsiceros.* Pall.);

2. **Antilope** (*A. Cervicapra.* Pall. — *A. gutturosa.* Pall. — *A. melampus.* Lichtenst. — *A. Saiga.* Pall. — und *A. Hodgsonii.* Abel.);

3. **Redunca** (*A. redunca.* Pall. — *A. Eleotragus.* Schreb. — *A. Capreolus.* Lichtenst. — *A. Defassa.* Rüppell, — *A. scoparia.* Schreb. — *A. montana.* Cretzschm. — *A. hastata.* Peters, — *Kobus ellipsiprymnos.* A. Smith — und *A. unctuosa.* Laurill.);

4. **Tragulus** (*A. Oreotragus.* Forst. — *A. Tragulus.* Forst. — und *A. melanotis.* Afzel.);

5. **Cephalophus** (*A. hemprichiana.* Ehrenb. — *A. spinigera.* Temminck, — *A. mergens.* Bainv. — *A. altifrons.* Peters, — *A. Grimmia.* Pall. — *A. Frederici.* Laurill. — *A. natalensis.* A. Smith, — *A. pygmaea.* Pall. — *A. sylvicultrix.* Afzel. — *A. Ogilbyi.* Waterh. — *A. quadriscopa.* H. Smith — und *A. picta.* Pall.); — und

6. **Tetracerus** (*A. quadricornis.* Bainv.).

So wie Wagner hat auch Giebel die der Familie der Ziegen *(Caprae)* angehörige „*Antilope lanigera.*" H. Smith, welche er seiner Untergattung „*Caprina*" zuweist, irrigerweise unter die Antilopen aufgenommen.

Vergleicht man die verschiedenen, von den einzelnen Naturforschern in Vorschlag gebrachten Eintheilungen der Familie der Antilopen mit einander und insbesondere die von denselben aufgestellten Gattungen und Untergattungen sowohl rücksichtlich ihrer Begrenzung, als auch bezüglich der ihnen beigezählten Arten, so ergeben sich hierbei mancherlei und mitunter sehr erhebliche Differenzen.

Der Hauptgrund dieser Differenzen ist wohl in der Schwierigkeit zu suchen, die zahlreichen Formen dieser Familie, welche sich einerseits an die Moschusthiere und Hirsche, andererseits an die Ziegen und Rinder anschließt und durch einige Formen sogar zu den Pferden hinneigt, in natürliche, nach ihren Merkmalen scharf abgegrenzte Gruppen zu scheiden, da bei derselben die mannigfaltigsten Combinationen sämmtlicher, den verschiedenen einzelnen Formen derselben eigenthümlichen körperlichen Merkmale, wie kaum in irgend einer anderen Säugethier-Familie vorkommen.

Zum Theile ist hieran aber auch der Umstand Schuld, daß die Mehrzahl der dieser Familie angehörigen Arten bis in die neuere Zeit nur sehr unvollständig bekannt war und bei der Beschreibung derselben von den betreffenden Autoren auf viele und theilweise höchst wichtige Charaktere häufig gar keine Rücksicht genommen wurde.

Diese beiden hier angedeuteten Verhältnisse sind ohne Zweifel die Grundursache, weßhalb die Begrenzung der einzelnen Gattungen dieser an Arten so reichen Familie seither von den verschiedenen Zoologen auch in so verschiedener Weise aufgefaßt wurde.

Vielfache in neuerer Zeit von einigen Zoologen und insbesondere von Sundevall und Gray angestellte genauere Untersuchungen haben jedoch wesentlich dazu beigetragen, so manche in letzterer Beziehung vorhanden gewesene Mängel zu beseitigen und irrige Angaben älterer Naturforscher zu berichtigen. Demungeachtet sind aber noch hie und da einige Lücken übrig geblieben, deren Ergänzung wohl erst in der Folge möglich werden wird, und welche eine durchwegs richtige Zuweisung der verschiedenen Formen in die für dieselben aufgestellten Gattungen noch immer sehr erschweren.

Um dieß bewerkstelligen zu können und jeden Mißgriff hierbei ferne zu halten, ist eine vollständige und genaue Kenntniß der so verschiedenartig sich darstellenden Formen dieser umfangreichen Familie nach allen ihren einzelnen Körpertheilen, ein unerläßliches Erforderniß.

Leider stossen wir aber in dieser Beziehung immer noch hie und da auf Mängel, und namentlich sind es die Angaben über die bei dieser Familie ganz besonders in's Auge zu fassenden Klauendrüsen und Weichengruben, welche noch Manches zu wünschen übrig lassen.

Nur bei einer consequenten Durchführung sämmtlicher körperlichen Merkmale der uns bekannt gewordenen Formen ist es möglich, dieselben naturgemäß in einzelne Gattungen zu scheiden, diese richtig zu begrenzen, und dieselben in einer Weise aneinander zu reihen und zu gruppiren, wie dieß ihre gegenseitige natürliche Verwandtschaft erheischt.

Keiner von meinen Vorgängern hat es aber versucht diesen Weg einzuschlagen, der allein nur zu einem sicheren Ziele führt und mich bei der vorliegenden Arbeit geleitet hat.

Ich theile die Antilopen in 6 Gruppen und 44 Gattungen ein.

Diese Gruppen sind folgende:

1. **Eigentliche Antilopen** *(Antilopae verae)* mit den 11 Gattungen:

Leierantilope *(Aepyceros)*, — Bockgazelle *(Tragopsis)*, — Springgazelle *(Antidorcas)*, — Gazelle *(Gazella)*, — Halbgazelle *(Eudorcas)*, — Pfriemgazelle *(Leptoceros)*, — Antilope *(Antilope)*, — Kropfantilope *(Procapra)*, — Röhrenantilope *(Colus)*, — Nüsternantilope *(Pantholops)*, — und Hirschziegenantilope *(Cervicapra)*;

2. **Moschusthierartige Antilopen** *(Antilopae moschinae)* mit den 12 Gattungen:

Gabelantilope *(Dicranoceras)*, — Feldantilope *(Pediotragus)*, — Moschusantilope *(Nesotragus)*, — Zwergantilope — *(Nanotragus)*, — Felsenantilope *(Calotragus)*, — Büschelantilope *(Scopophorus)*. — Schopfantilope *(Cephalophus)*, — Pinselantilope *(Quadriscopa)*, — Waldantilope *(Sylvicapra)*, — Schlankantilope *(Neotragus)*, — Riedantilope *(Redunca)*, — und Tschikara-Antilope *(Tetraceras)*;

3. **Ziegenartige Antilopen** *(Antilopae caprinae)* mit den 6 Gattungen:

Klippenantilope *(Oreotragus)*, — Steinziegenantilope *(Capricornis)*, — Waldziegenantilope *(Nemorhoedus)*. — Ziegenantilope *(Caprina)*, — Gemse *(Rupicapra)*, — und Takin-Antilope *(Budorcas)*;

4. **Hirschartige Antilopen** *(Antilopae cervinae)* mit den 6 Gattungen:

Zangenantilope *(Pseudokobus)*, — Hirschantilope *(Adenota)*, — Schafantilope *(Tragelaphus)*, — Wasserantilope *(Hydrotragus)*, — Mähnenantilope *(Kobus)*, — und Kudu-Antilope *(Strepsiceros)*;

5. **Pferdartige Antilopen** *(Antilopae equinae)* mit den 5 Gattungen:

Pferdantilope *(Aegoceros)*, — Spießantilope *(Oryx)*, — Mendesantilope *(Addax)*, — Elennantilope *(Boselaphus)*, — und Büffelantilope *(Anoa)*; endlich

6. **Rindartige Antilopen** *(Antilopae bovinae)* mit den 4 Gattungen:

Kuhantilope *(Acronotus)*, — Rindantilope *(Damalis)*, — Nylgau-Antilope *(Portax)* — und Gnu-Antilope *(Catoblepas)*.

Vergleicht man die Anzahl der von mir aufgeführten Gattungen mit jener früherer Autoren, so ergibt sich, daß ich um 7 Gattungen mehr angenommen habe als meine Vorgänger.

Diese Vermehrung war durch die consequente Durchführung der Charaktere geboten, welche die einzelnen Gattungen von einander unterscheiden.

So war ich genöthig, „*Gazella subgutturosa*" und „*laevipes*" aus der Gattung „*Gazella*" auszuscheiden und für dieselben besondere Gattungen zu errichten, da bei ersterer das Weibchen ungehörnt ist, letzterer aber die allen Gazellen zukommenden Haarbüschel an der Handwurzel fehlen;

ferner die Ogilby'sche Gattung „*Sylvicapra*," welche H. Smith mit dem Namen „*Cephalophus*" belegte, in zwei Gattungen zu trennen, da bei einem großen Theile der darunter begriffenen Arten die Weibchen eben so wie die Männchen gehörnt, bei vielen anderen aber ungehörnt sind.

Eben so sah ich mich veranlaßt, die unter dieser Gattung seither begriffen gewesene „*Sylvicapra quadriscopa*" wegen der vorhandenen Haarbüschel an der Hand- und Fußwurzel auszuscheiden und zu einer eigenen Gattung zu erheben;

sodann auch die Sundevall'sche Gattung „*Calotragus*" in zwei Gattungen zu trennen, da manche ihrer Arten durch den gänzlichen Mangel von Afterklauen ausgezeichnet sind; und

endlich auch die Gray'sche Gattung „*Adenota*" in drei Gattungen zu zerfällen, da einige Arten derselben Thränengruben und

Haarbüschel an der Handwurzel haben, während sie anderen wieder fehlen und sich unter letzteren wieder ein bedeutender Unterschied in der Schwanzbehaarung darbietet.

Auf diese Weise entstanden folgende 7 Gattungen: *„Antilope“* (ein Name, den ich für irgend eine Gattung der Familie erhalten zu müssen glaubte), aus *„Gazella subgutturosa“,* — *„Eudorcas“*, aus *„Gazella laevipes,“* — *„Cephalophus,“* aus jenen Arten der Gattung *„Sylvicapra,“* bei denen beide Geschlechter gehörnt sind, — *„Quadriscopa“*, aus *„Sylvicapra quadriscopa,“* — *„Pediotragus“*, aus jenen Arten der Gattung *„Calotragus,“* welchen die Afterklauen fehlen; — *„Pseudokobus“*, aus den mit Thränengruben und Haarbüscheln an der Handwurzel versehenen Arten der Gattung *„Adenota,“* — und *„Hydrotragus“*, aus der durch einen Quastenschwanz ausgezeichneten und der Thränengruben entbehrenden *„Adenota Leché“* und einigen anderen derselben verwandten und erst in neuester Zeit durch Lichtenstein, Peters und Heuglin bekannt gewordenen Arten.

Die von Hodgson aufgestellte Gattung *„Tragops“* habe ich mit dem Namen *„Tragopsis“* bezeichnet, da der von Hodgson vorgeschlagene Name schon weit früher durch Wagler an eine Schlangengattung vergeben war.

Bevor ich an meine eigentliche Aufgabe gehe, will ich noch Einiges über den Skelet- und Zahnbau der Antilopen voraussenden.

Das Skelet im Allgemeinen bietet von jenem der übrigen Wiederkäuer keine erheblichen Abweichungen dar und zeigt selbst bezüglich seiner einzelnen Theile nur wenige deutlicher in die Augen fallende Verschiedenheiten.

Die größten Abweichungen ergeben sich in der Gestalt und Bildung des Schädels, der je nach den einzelnen dieser Familie angehörigen Gattungen oft wesentliche Verschiedenheiten zeigt.

Im Übrigen sind es nur die Form und Größe der einzelnen Skelettheile und die Anzahl der Wirbel, welche bei manchen Gattungen und Arten allerlei Abweichungen darbieten. Nur selten treten dieselben aber in einer auffallenderen Weise hervor.

Die Zahl der Wirbel vertheilt sich bei den nachstehenden Arten, die wir bezüglich der Beschaffenheit ihrer Wirbelsäule seither mehr oder weniger vollständig kennen zu lernen Gelegenheit hatten, in folgender Weise.

	Rücken- wirbel	Lenden- wirbel	Kreuz- wirbel	Schwanz- wirbel	Gesammtz. mit Einschl. der 7 Hals- wirbel	Nach
Gazella Dama . . .	13	6	5	10 + ?	?	**Troschel.**
„ *Dorcas* . .	13	5—6	4	10	39—40	**Daubenton.**
„ „ . .	13	6	4	14	44	**Cuvier.**
„ „ . .	13	6	4	14	44	**Wagner.**
Antilope subgutturosa	13	6	4	11	41	**Pallas.**
Colus Saiga	13	5	4	?	?	**„**
Tetraceras quadri- *cornis*	13	5	4	14	43	**Cuvier.**
Rupicapra Capella .	13	6	5	10	41	**Daubenton.**
„ „ .	13	6	4	10	40	**Cuvier.**
„ „ .	13	6	5	10	41	**Wagner.**
Oryx Leucoryx . .	13	6	4	14	44	**Cuvier.**
Catoblepas Gnu. . .	13	6	5	13	44	**Troschel.**
Portax pictus . . .	13	6	4	16	46	**Cuvier.**
„ „ . . .	14	5	5	18	49	**Wagner.**
„ „ . . .	?	?	5	16	?	**Giebel.**

Eine noch größere Übereinstimmung als in Ansehung des Knochengerüstes, zeigen die Antilopen mit den Ziegen, Schafen und Rindern bezüglich ihres Zahnbaues. Alle sind mit schmelzfaltigen Backenzähnen versehen und sämmtliche Arten bieten dieselbe Zahl von Zähnen in gleichmäßiger Vertheilung dar. So wie den Ziegen, Schafen und Rindern, fehlen auch den Antilopen die Vorderzähne im Oberkiefer und die Eckzähne in beiden Kiefern gänzlich, während im Unterkiefer stets acht Vorderzähne, in beiden Kiefern immer 12 Backenzähne vorhanden sind, so daß sich die Zahnformel in folgender Weise darstellt: Vorderzähne $\frac{0}{8}$, — Eckzähne $\frac{0-0}{0-0}$ Backenzähne $\frac{6-6}{6-6} = 32.$

Die einzigen Unterschiede, welche sich bezüglich der Beschaffenheit der Zähne bei den einzelnen Gattungen ergeben, bestehen in der bisweilen etwas abweichenden Gestalt der Vorderzähne und in dem Auftreten accessorischer Zwischensäulchen an den echten Backenzähnen, ähnlich wie bei den Rindern. Im höheren Alter scheint bei manchen Gattungen der vorderste Backenzahn auszufallen.

Die Unterschiede, welche sich in der Gestalt und Bildung des Schädels, so wie auch in der Beschaffenheit der Zähne bei den Antilopen ergeben, will ich — in so weit dieselben bis jetzt bekannt geworden sind, — nach den einzelnen Gattungen zusammenzustellen versuchen.

Gazella.

Die Schnauze ist mäßig lang, nach vorne zu beträchtlich verschmälert. das Hinterhaupt stark entwickelt, die Stirne breit und schwach gewölbt. Zwischen dem Stirn-, Thränen-, Kiefer- und Nasenbeine befindet sich eine Lücke, vor den Augenhöhlen eine Grube, unterhalb derselben eine Spalte. Der Augenhöhlenrand bildet einen vorspringenden Ring. Die Nasenbeine sind kurz und sehr breit, die Zwischenkiefer reichen bis gegen die Nasenbeine und die Nasenhöhle ist daher ziemlich kurz. Die Paukenknochen sind blasenartig aufgetrieben. Die Stirnzapfen stehen gerade über den Augenhöhlen. Die Backenzähne bieten keine Zwischensäulchen dar.

Saiga.

Die Schnauze ist stark gestreckt. Zwischen dem Stirn-, Thränen- Kiefer-, und Nasenbeine befindet sich keine Lücke. Die Nasenbeine sind überaus kurz, hinten sehr breit und mit dem Stirnbeine ganz verschmolzen, vorne zugespitzt und etwas über die Nasenhöhle reichend. Die Zwischenkiefer sind sehr kurz, durch einen weiten Zwischenraum von den Nasenbeinen getrennt und die Nasenhöhle sehr lang und weit. Hinter den Stirnzapfen befindet sich eine seichte rundliche Vertiefung. Die Backenzähne sind ohne Zwischensäulchen, der vorderste fällt im höheren Alter aus.

Scopophorus.

Zwischen dem Stirn-, Thränen-, Kiefer- und Nasenbeine befindet sich eine große Lücke. Die Thränenbeine sind sehr groß, die Nasenbeine schmal. Die Zwischenkiefer erreichen die Nasenbeine nicht.

Cephalophus.

Die Schnauze ist stark zusammengedrückt, vor den Augenhöhlen durch eine weite Grube ausgehöhlt und ohne Suborbital-Fissur. Die Nasenbeine sind hinten erweitert, vorne zugespitzt, die Stirnzapfen weit hinter den Augenhöhlen aufgesetzt.

Redunca.

Vor den Augenhöhlen befindet sich keine Grube, unterhalb derselben aber eine große Furche. Die Nasenfortsätze der Zwischenkiefer sind lang, doch erreichen sie nicht immer die Nasenbeine. Die Nasenhöhle ist ziemlich lang. Die Paukenknochen sind groß und aufgetrieben. Am ersten echten Backenzahne beider Kiefer befindet sich ein deutlich entwickelter supplementärer Lappen, die hinteren bieten nur eine mehr oder minder deutliche Spur eines solchen Lappens dar.

Tetraceras.

Die Schnauze ist stark zusammengedrückt, vor den Augen durch eine weite Grube ausgehöhlt und ohne Suborbital-Fissur. Die Nasenbeine sind hinten nicht erweitert, vorne zugespitzt. Die vorderen Stirnzapfen sitzen oberhalb des vorderen Augenwinkels, die hinteren über dem hinteren Augenwinkel auf.

Capricornis und Nemorhoedus.

Unterhalb der Augenhöhlen befindet sich keine Suborbital-Fissur. Die Nasenbeine sind ziemlich kurz und breit, und verbinden sich mit den Kieferbeinen nur durch Einschiebung einer unvollständigen Ossification, oder bleiben von ihnen völlig getrennt. Die Paukenknochen sind klein.

Caprina.

Die Schnauzenspitze und das Hinterhaupt sind stark verschmälert. Zwischen dem Stirn-, Thränen-, Kiefer- und Nasenbeine befindet sich keine Lücke. Der Augenhöhlenrand ist nicht vorstehend. Die Nasenbeine sind kurz und breit, mit nach vorne zu weit vorragender Spitze. Die Zwischenkiefer erreichen die Nasenbeine nicht.

Rupicapra.

Zwischen dem Stirn-, Thränen-, Kiefer- und Nasenbeine befindet sich keine Lücke. Die Augenhöhlen treten stark hervor. Die Nasenbeine sind kurz und breit, in das Stirnbein mit getrennter Spitze eingreifend. Die Zwischenkiefer erreichen die Nasenbeine nicht und endigen schon weit früher. Die Nasenhöhle ist hinten sehr hoch. Das Zwickelbein ist schmal und hoch. Die oberen Backenzähne sind quadratisch. ohne Cylinder in der Mitte und der letzte bietet kein accessorisches Prisma dar. Die Sichelgruben ihrer Kauflächen sind sehr schmal, und die Spitzen derselben lang ausgezogen und fast winkelartig abgesetzt. Die unteren Backenzähne zeigen nur sehr kleine Sichelgruben auf den Kauflächen und der letzte derselben ist mit einem hinteren fünften Prisma versehen.

Budorcas.

Der Schädel ist hoch. der Vordertheil desselben allmählig verschmälert und in einen breit abgerundeten Rand endigend, der Nasenrücken und die Stirne bieten eine starke, nur zwischen den Stirnzapfen unterbrochene Wölbung dar, und die Schädeldecke ist von außerordentlicher Dicke. Die Stirne fällt vor den Stirnzapfen ziemich steil ab, und ist der Quere nach seicht ausgehöhlt und etwas verflacht. Die Stirnbeine sind von der hinteren Fläche der Stirnzapfen gerade nach abwärts gebogen, um sich mit den Scheitelbeinen zu verbinden, die in derselben Richtung beginnen, doch sich etwas nach rückwärts wenden. Die Stirnzapfen entspringen vom hinteren Rande der Augenhöhlen und sind an der Wurzel sehr stark. Unterhalb der Augenhöhlen befindet sich keine Suborbital-Fissur. Die Nasenbeine, zwischen welche sich die Stirnbeine wie in einen Zwickel hineinschieben, erheben sich aus der Senkung der letzteren und bilden der Länge nach einen mäßigen Bogen, der sich nur gegen die Spitze zu plötzlich nach abwärts krümmt, so daß sie die Nasenhöhle schnabelartig überragen. Sie sind kurz, der Länge sowohl als Breite nach gewölbt und gehen in eine gemeinsame stumpfe Spitze aus. Die Nasenhöhle ist ziemlich lang, die Paukenknochen sind klein.

Tragelaphus.

Vor den Augenhöhlen befindet sich keine Grube, unterhalb derselben eine kleine Suborbital-Fissur. Die Nasenhöhle ist von mäßiger Größe. Die Paukenknochen sind aufgetrieben. Die Backenzähne sind mit kleinen accessorischen Säulchen versehen.

Aegoceros.

Vor den Augenhöhlen befindet sich keine Grube, unterhalb derselben eine kleine Suborbital-Fissur. Die Backenzähne bieten kleine accessorische Säulchen dar.

Oryx.

Der Schädel ist schmal, gestreckt und hoch. Vor den Augenhöhlen befindet sich keine Grube, unterhalb derselben eine kleine Suborbital-Fissur. Die Backenzähne sind mit kleinen accessorischen Säulchen versehen.

Addax.

Der Schädel ist nicht sehr langgestreckt, schmal und hoch, und kürzer als bei „*Oryx*," die Schnauze ziemlich lang und länger als bei „*Gazella*," das Hinterhaupt nicht sehr stark entwickelt und weniger als bei dieser. Die Stirne ist breiter und flacher. Zwischen dem Stirn-, Thränen-, Kiefer- und Nasenbeine befindet sich eine Lücke, vor den Augenhöhlen keine Grube, unterhalb derselben eine kleine Suborbital-Fissur. Der Augenhöhlenrand bildet keinen vorspringenden Ring. Die Nasenbeine sind vorne abgestutzt und nicht frei hervorragend. Die oberen sowohl als unteren Backenzähne sind mit accessorischen Säulchen versehen.

Boselaphus.

Der Vordertheil des Schädels steigt nur allmählig in die Höhe, und der Hintertheil verläuft fast in gleicher Richtung und neigt sich erst zuletzt schwach nach abwärts. Die Stirne ist sehr breit und tief ausgehöhlt. Zwischen dem Stirn-, Thränen-, Kiefer- und Nasenbeine befindet sich eine Lücke, vor den Augenhöhlen keine Grube und unterhalb derselben keine Suborbital-Fissur. Die Thränenbeine sind sehr groß. Der Rand der Zwischenkiefer ist gerundet. Die Backenzähne des Unterkiefers bieten accessorische Säulchen dar, jenen des Oberkiefers fehlen sie.

Anoa.

Die Backenzähne sind mit kleinen accessorischen Säulchen versehen.

Acronotus.

Der Schädel ist sehr schmal und langgestreckt, der Vordertheil desselben weit länger als der Hintertheil, das Schädeldach flach, und steil nach vorne sowohl als auch nach hinten abfallend und einen ansehnlichen Winkel bildend. Zwischen dem Stirn-, Thränen-, Kiefer- und Nasenbeine befindet sich keine Lücke, vor den Augenhöhlen eine tiefere oder seichtere Grube, unterhalb derselben keine Suborbital-Fissur. Die Augenhöhlen sind klein. Die Nasenbeine sind sehr schmal und langgestreckt, im hinteren Theile scharf begrenzt, mit vereinter Spitze tief in das Stirnbein eingreifend und ragen vorne nur wenig frei hervor. Die Zwischenkiefer sind am Ende zugespitzt, am Vorderrande breit abgerundet, mit den Nasenbeinen zusammenstossend und fast in gleicher Breite verlaufend. Die Stirnzapfen sind durch einen weiten Zwischenraum von den Augenhöhlen getrennt und bisweilen mit der Basis über das Hinterhaupt hinausragend. Die Backenzähne bieten keine accessorischen Säulchen dar.

Catoblepas.

Der Schädel ist lang und schmal, der Vorder- und Hintertheil desselben sind fast von gleicher Länge, das Schädeldach ist flach, und steil nach vorne sowohl als auch nach hinten abfallend und einen ansehnlichen Winkel bildend. Zwischen dem Stirn-, Thränen-, Kiefer- und Nasenbeine befindet sich keine Lücke, vor den Augenhöhlen eine Grube, unterhalb derselben keine Suborbital-Fissur. Die Zwischenkiefer sind am Vorderrande erweitert, breit und gerade abgestutzt. Die Basis der Stirnzapfen ist groß, zackig und rauh, und ragt weit über die Hinterhauptfläche hinaus. Die Backenzähne sind ohne accessorische Säulchen, die Vorderzähne fast von gleicher Breite.

Portax.

Der Schädel ist langgestreckt und schmal, der Vordertheil desselben länger als bei „*Catoblepas*" und kürzer als bei „*Acronotus*," und nur allmählig in die Höhe steigend, der Hintertheil fast in gleicher Richtung verlaufend und blos zuletzt sehr schwach nach abwärts geneigt. Die Stirne ist sehr breit und flach, die Schläfengrube kantig begrenzend, zwischen den Stirnzapfen etwas gewölbt, nach vorne zu der Länge nach etwas ausgehöhlt, und durch Grübchen und spongiöse Auswüchse rauh. Die Stirnzapfen sind weit von einander getrennt, hinten flach und kantig, vorne gewölbt, von kegelförmiger Gestalt, kurz, nach aus- und etwas nach rückwärts gekrümmt und mit der Spitze schwach nach vorwärts gebogen. Die beiden halbbogenförmigen Linien auf den Scheitelbeinen sind dick, wulstig aufgetrieben und laufen an der Naht des Hinterhauptbeines in eine scharfe Spitze zusammen. Der Occipitalrand ist stark, die Nackenfläche breit und

senkrecht. Die beiden Höcker auf dem Grundtheile des Hinterhauptbeines sind deutlich entwickelt. Zwischen dem Stirn-, Thränen-,
Kiefer- und Nasenbeine befindet sich eine Lücke, vor den Augenhöhlen eine flache Ausschweifung und unterhalb derselben keine
Suborbital-Fissur. Der Augenhöhlenrand ist nicht vorstehend. Die
Nasenbeine sind mitellang und sehr schmal, vorne und hinten zugespitzt. Die Zwischenkiefer legen sich mit breitem Ende an die Nasenbeine an und ihr Vorderrand ist breit und zugerundet, doch schmä-
ler als bei „*Acronotus*". Die Nasenhöhle ist kürzer als die Nasenbeine. Die Paukenknochen sind blasenartig aufgetrieben, aber auf der
Außenseite abgeflacht. Der Winkel des Unterkiefers ist ziemlich vor-
springend. Die Backenzähne bieten keine accessorischen Säulchen
dar und die mittleren Schneidezähne sind breiter als die äußeren.

Familie der Antilopen *(Antilopae)*.

Charakter. Die Zehen sind mit vollkommenen Hufen versehen.
Die Stirne trägt meist bei beiden Geschlechtern Hörner, welche aus
hohlen von Horngewebe gebildeten Scheiden bestehen, die auf knö-
chernen, nicht von Zellen durchzogenen Stirnzapfen aufsitzen und
bleibend sind, häufig aber den Weibchen fehlen. Die Hörner sind
mehr oder weniger gerundet, bisweilen zusammen- oder auch flachgedrückt, und entweder geringelt oder gerunzelt, oder auch völlig
glatt. Afterklauen, Thränengruben und Klauendrüsen sind vorhanden,
oder fehlen. Der Magen ist vierfach.

I. Gruppe. Eigentliche Antilopen *(Antilopae verae).*

Der Schwanz ist kurz oder sehr kurz. Die Afterklauen sind abgeplattet, mittelgroß oder klein, oder fehlen auch gänzlich. Die Zahl
der Zitzen beträgt zwei.

1. Gattung. Leierantilope *(Aepyceros).*

Die Zahl der Zitzen beträgt zwei. Afterklauen fehlen. Der
Schwanz ist kurz, und zottig behaart. Nur das Männchen ist gehörnt.
Nebenhörner fehlen. Die Hörner sind nach aufwärts gerichtet, leier-
förmig gekrümmt, gerundet und geringelt. Die Schnauze ist schmal,

die Nase nicht aufgetrieben, die Nasenkuppe behaart, die Oberlippe
behaart und gefurcht. Thränengruben fehlen. Haarbüschel sind weder an der Hand- noch Fußwurzel vorhanden. Die Hufe sind mittelgroß und zusammengedrückt. Klauendrüsen und Weichengruben sind
vorhanden. Das Scheitelhaar bildet keinen Schopf. Der Rücken ist
nicht abschüssig. Am Vordertheile befindet sich kein Haarbüschel.

Hierher die einzige Art

Aepyceros melampus. (Antilope melampus. Lichtenst.) Afr.
Scherk-el-akaba, Bahr-el-abiad, Cap der gu-
ten Hoffnung.

2. Gattung. Bockgazelle *(Tragopsis)*.

Die Zahl der Zitzen beträgt zwei. Die Afterklauen sind abgeplattet und klein. Der Schwanz ist kurz, und buschig behaart. Beide
Geschlechter sind gehörnt. Nebenhörner fehlen. Die Hörner sind
nach aufwärts gerichtet, leierförmig gekrümmt, gerundet und geringelt. Die Schnauze ist schmal, die Nase nicht aufgetrieben, die Nasenkuppe behaart, die Oberlippe behaart und gefurcht. Thränengruben sind vorhanden, sehr klein und freiliegend. Haarbüschel sind
nur an der Handwurzel vorhanden. Die Hufe sind mittelgroß und zusammengedrückt. Klauendrüsen und Weichengruben sind vorhanden.
Das Scheitelhaar bildet keinen Schopf. Der Rücken ist nicht abschüssig. Am Vorderhalse befindet sich kein Haarbüschel.

Man kennt bis jetzt nur zwei Arten:

Tragopsis Bennettii. (Antilope Bennettii. Sykes.) As. Indien,
Madras,

„   *Hazenna. (Antilope Hazenna.* Isid. Geoffr.) As. Vorder-Indien.

3. Gattung. Springgazelle *(Antidorcas)*.

Die Zahl der Zitzen beträgt zwei. Die Afterklauen sind abgeplattet und klein. Der Schwanz ist kurz, und an der Spitze flockenartig behaart. Beide Geschlechter sind gehörnt. Nebenhörner fehlen.
Die Hörner sind nach aufwärts gerichtet, leierförmig gekrümmt, gerundet und geringelt. Die Schnauze ist schmal, die Nase nicht aufgetrieben, die Nasenkuppe behaart, die Oberlippe behaart und gefurcht. Thränengruben sind vorhanden, klein und von einer Hautfalte
überdeckt. Haarbüschel sind weder an der Hand — noch Fußwurzel

vorhanden. Die Hufe sind mittelgroß und zusammengedrückt. Klauendrüsen und Weichengruben sind vorhanden. Das Scheitelhaar bildet
keinen Schopf. Der Rücken ist nicht abschüssig. Am Vorderhalse befindet sich kein Haarbüschel.

Die einzige seither bekannt gewordene Art ist:

Antidorcas Euchore. (*Antilope Euchore.* Forster.) Afr. Cap der
guten Hoffnung.

4. Gattung Gazelle (Gazella).

Die Zahl der Zitzen beträgt zwei. Die Afterklauen sind abgeplattet und klein. Der Schwanz ist kurz, und an der Spitze flockenartig behaart. Beide Geschlechter sind gehörnt. Nebenhörner fehlen.
Die Hörner sind nach aufwärts gerichtet, leierförmig gekrümmt, gerundet und geringelt. Die Schnauze ist schmal, die Nase nicht aufgetrieben, die Nasenkuppe behaart, die Oberlippe behaart und gefurcht. Thränengruben sind vorhanden, mittelgroß und freiliegend.
Haarbüschel sind nur an der Handwurzel vorhanden. Die Hufe sind
mittelgroß und zusammengedrückt. Klauendrüsen und Weichengruben sind vorhanden. Das Scheitelhaar bildet keinen Schopf. Der
Rücken ist nicht abschüssig. Am Vorderhalse befindet sich kein Haarbüschel.

Hierher gehören folgende Arten:

Gazella Dama. (*Antilope Dama.* Pall.) Afr. Ober-Aegypten, Nubien, Sennaar, Dongola, Sauakin, Taka, Bajuda-
Wüste, Kordofan.

„ *Mhorr.* (*Antilope Mhorr.* Bennett.) Afr. Marocco.

„ *Nanguer.* (*Antilope Nanguer.* Bennett.) Afr. Senegambien, Senegal.

„ *Soemmerringii,* (*Antilope Sommerringii.* Cretzschm.) Afr.
Abyssinien, Ost-Sudàn. Danakil- und So-
màli-Länder, Bóghosland, Taka, Sennaar,
Insel Meroë und Dalak-el-Kebir.

„ *Isabella.* (*Gazella Isabella.* Gray.) As. Peträisches Arabien.
— Afr. Ägypten, Nubien, Sennaar, Taka, Kordo-
fan, Abyssinien, Somàli-Land.

„ *Kerella.* (*Antilope Kerella.* Pallas.) Afr. Marocco, Senegambien, Senegal.

Gazella Kevella, Corinna. (*Antilope Corinna.* Pallas). Afr. Berberei. Algier, Senegambien, Senegal.

„　　*Dorcas* (*Antilope Dorcas.* Pallas). Afr. Algier, Marocco.

„　　„　*Sundevalli.* (*Gazella Dorcas. Var. γ.* Sundev.) Nord-Afr.

„　　*arabica.* (*Antilope arabica.* Hempr. Ehrenb.) As. Levante, Palästina, Sinaitische Halbinsel, Arabien, Persien, Inseln des rothen Meeres. — Afr. Ägypten.

„　　*melanura.* (*Gazella melanura.* Heuglin). Afr. Bóghosland.

5. Gattung. **Halbgazelle** (*Eudorcas*).

Die Zahl der Zitzen beträgt zwei. Die Afterklauen sind abgeplattet und klein. Der Schwanz ist kurz, und an der Spitze flockenartig behaart. Beide Geschlechter sind gehörnt. Nebenhörner fehlen. Die Hörner sind nach aufwärts gerichtet, leierförmig gekrümmt, gerundet und geringelt. Die Schnauze ist schmal, die Nase nicht aufgetrieben, die Nasenkuppe behaart, die Oberlippe behaart und gefurcht. Thränengruben sind vorhanden, mittelgroß und freiliegend. Haarbüschel sind weder an der Hand- noch Fußwurzel vorhanden. Die Hufe sind mittelgroß und zusammengedrückt. Klauendrüsen und Weichengruben sind vorhanden. Das Scheitelhaar bildet keinen Schopf. Der Rücken ist nicht abschüssig. Am Vorderhalse befindet sich kein Haarbüschel.

Es ist nur eine einzige Art bis jetzt bekannt:

Eudorcas laeripes (*Gazella laeripes. Var. α.* Sundev.) Afr. Algier, Sennaar.

„　　„　*senegalensis.* (*Gazella laeripes. Var. β.* Sundev.) Afr. Senegambien, Senegal, Gambia.

6. Gattung. **Pfriemgazelle** (*Leptoceros*).

Die Zahl der Zitzen beträgt zwei. Die Afterklauen sind abgeplattet und klein. Der Schwanz ist kurz, und an der Spitze flockenartig behaart. Beide Geschlechter sind gehörnt. Nebenhörner fehlen. Die Hörner sind nach aufwärts gerichtet gerade, gerundet und geringelt, oder glatt. Die Schnauze ist schmal, die Nase nicht aufgetrieben, die Nasenkuppe behaart, die Oberlippe behaart und gefurcht. Thränengruben sind vorhanden, mittelgroß und freiliegend. Haarbüschel sind nur an der Handwurzel vorhanden. Die Hufe sind mittelgroß und zusammengedrückt. Klauendrüsen und Weichengruben sind vorhanden. Das Scheitelhaar bildet keinen Schopf. Der Rücken ist nicht abschüssig. Am Vorderhalse befindet sich kein Haarbüschel.

Hieher gehören folgende zwei Arten:

Leptoceros Abu Harab. (*Gazella Abu Harab.* Heuglin). Afr. Libysche Wüste.

„ *Curieri.* (*Antilope leptoceros.* Fr. Cuv.) Afr. Süd-Nubien, Bajuda-Wüste, Berber, Setit, Taka, Sennaar, Kordofan, Bahr-el-abiad.

7. Gattung. Antilope (*Antilope*).

Die Zahl der Zitzen beträgt zwei. Die Afterklauen sind abgeplattet und klein. Der Schwanz ist kurz, und an der Spitze flockenartig behaart. Nur das Männchen ist gehörnt. Nebenhörner fehlen. Die Hörner sind nach aufwärts gerichtet, leierförmig gekrümmt, gerundet und geringelt. Die Schnauze ist schmal, die Nase nicht aufgetrieben, die Nasenkuppe behaart, die Oberlippe behaart und gefurcht. Thränengruben sind vorhanden, mittelgroß und freiliegend. Haarbüschel sind nur an der Handwurzel vorhanden. Die Hufe sind mittelgroß und zusammengedrückt. Klauendrüsen und Weichengruben sind vorhanden. Das Scheitelhaar bildet keinen Schopf. Der Rücken ist nicht abschüssig. Am Vorderhalse befindet sich kein Haarbüschel.

Es ist nur eine einzige Art bekannt:

Antilope subgutturosa. (*Antilope subgutturosa.* Güldenst.) As. Armenien, Nord-Persien, Sibirien, Tartarei. Daurien, China.

8. Gattung. Kropfantilope (*Procapra*).

Die Zahl der Zitzen beträgt zwei. Die Afterklauen sind abgeplattet und klein. Der Schwanz ist sehr kurz, und zottig behaart. Nur das Männchen ist gehörnt. Nebenhörner fehlen. Die Hörner sind nach aufwärts gerichtet, leierförmig gekrümmt, gerundet und geringelt. Die Schnauze ist schmal, die Nase nicht aufgetrieben, die Nasenkuppe behaart, die Oberlippe behaart und gefurcht. Thränengruben sind vorhanden, sehr klein und freiliegend. Haarbüschel sind we-

der an der Hand- noch Fußwurzel vorhanden. Die Hufe sind mittelgroß und zusammengedrückt. Klauendrüsen und Weichengruben sind
vorhanden. Das Scheitelhaar bildet keinen Schopf. Der Rücken ist
nicht abschüssig. Am Vorderhalse befindet sich kein Haarbüschel.

Man kennt bis jetzt nur zwei Arten:

Procapra gutturosa (Antilope gutturosa. Pallas). As. Sibirien,
Mongolei, Daurien.

   „   *picticauda. (Procapra picticauda.* Gray.) As. Thibet.

9. Gattung. **Röhrenantilope** *(Colus).*

Die Zahl der Zitzen beträgt zwei. Die Afterklauen sind abgeplattet und klein. Der Schwanz ist kurz, und gegen die Spitze länger
behaart. Nur das Männchen ist gehörnt. Nebenhörner fehlen. Die
Hörner sind nach aufwärts gerichtet, fast leierförmig gekrümmt, gerundet und geringelt. Die Schnauze ist breit, die Nase aufgetrieben
und bauchig, die Nasenkuppe behaart, die Oberlippe behaart und gefurcht. Thränengruben sind vorhanden, sehr klein und freiliegend.
Haarbüschel sind nur an der Handwurzel vorhanden. Die Hufe sind
mittelgroß und zusammengedrückt. Klauendrüsen und Weichengruben sind vorhanden. Das Scheitelhaar bildet keinen Schopf. Der
Rücken ist nicht abschüssig. Am Vorderhalse befindet sich kein Haarbüschel.

Die einzige hierher gehörige Art ist:

Colus Saiga. (Antilope Saiga. Pallas). Eur. Süd-Russland. — As.
Sibirien.

10. Gattung. **Nüsternantilope** *(Pantholops).*

Die Zahl der Zitzen beträgt zwei. Die Afterklauen sind abgeplattet und klein. Der Schwanz ist kurz, und gegen die Spitze länger
behaart. Nur das Männchen ist gehörnt. Nebenhörner fehlen. Die
Hörner sind nach aufwärts gerichtet, fast leierförmig gekrümmt, gerundet und geringelt. Die Schnauze ist breit, die Nase aufgetrieben
und an den Nasenlöchern sackförmig erweitert, die Nasenkuppe
behaart, die Oberlippe behaart und gefurcht. Thränengruben fehlen.
Haarbüschel sind nur an der Handwurzel vorhanden. Die Hufe sind
mittelgroß und zusammengedrückt. Klauendrüsen und Weichengruben sind vorhanden. Das Scheitelhaar bildet keinen Schopf. Der

Rücken ist nicht abschüssig. Am Vorderhalse befindet sich kein Haarbüschel.

Es ist nur eine Art bekannt:

Pantholops Hodgsonii. (*Antilope Hodgsonii.* Abel). As. Tibet, Himalaya, Nepal.

11. Gattung. **Hirschziegenantilope** *(Cervicapra)*.

Die Zahl der Zitzen beträgt zwei. Die Afterklauen sind abgeplattet und mittelgroß. Der Schwanz ist kurz, und buschig behaart. Nur das Männchen ist gehörnt. Nebenhörner fehlen. Die Hörner sind nach auf- und rückwärts gerichtet, fast gerade, spiralförmig gedreht, gerundet und geringelt. Die Schnauze ist schmal, die Nase nicht aufgetrieben, die Nasenkuppe behaart, die Oberlippe behaart und gefurcht. Thränengruben sind vorhanden, groß und freiliegend. Haarbüschel sind nur an der Handwurzel vorhanden. Die Hufe sind mittelgroß und zusammengedrückt. Klauendrüsen und Weichengruben sind vorhanden. Das Scheitelhaar bildet keinen Schopf. Der Rücken ist nicht abschüssig. Am Vorderhalse befindet sich kein Haarbüschel.

Man kennt bis jetzt nur eine einzige Art:

Cervicapra bezoartica. (*Capra bezoartica.* Aldrov.) As. Vorder-Indien.

II. Gruppe. **Moschusthierartige Antilopen**
(Antilopae moschinae).

Der Schwanz ist kurz oder sehr kurz. Die Afterklauen sind abgeplattet, mittelgroß oder klein, oder fehlen auch gänzlich. Die Zahl der Zitzen beträgt vier.

1. Gattung. **Gabelantilope** *(Dicranoceras)*.

Die Zahl der Zitzen beträgt vier. Afterklauen fehlen. Der Schwanz ist sehr kurz, und zottig behaart. Beide Geschlechter sind gehörnt. Nebenhörner fehlen. Die Hörner sind nach aufwärts gerichtet, gegen die Spitze hakenförmig nach rückwärts gekrümmt, zusammengedrückt, gerunzelt, und an der Vorderseite mit einer kurzen, breiten, spitzen, nach rückwärts gekrümmten Sprosse versehen. Die Schnauze ist schmal, die Nase nicht aufgetrieben, die Nasenkuppe behaart, die Oberlippe behaart und gefurcht. Thränengruben fehlen. Haarbüschel sind weder an der Hand- noch Fußwurzel vorhanden. Die

Hufe sind mittelgroß und zusammengedrückt. Klauendrüsen sind vorhanden, Weichengruben fehlen. Das Scheitelhaar bildet keinen Schopf. Der Rücken ist nicht abschüssig. Am Vorderhalse befindet sich kein Haarbüschel.

Die einzige zur Zeit bekannte Art ist:

Dicranocerus furcifer. (*Antilope furcifer.* H. S mith). Nordwest-Amerika, Stony-Berge.

2. Gattung. Feldantilope *(Pediotragus)*.

Die Zahl der Zitzen beträgt vier. Afterklauen fehlen. Der Schwanz ist sehr kurz, und an der Spitze büschel- oder pinselartig behaart. Nur das Männchen ist gehörnt. Nebenhörner fehlen. Die Hörner sind nach aufwärts gerichtet, schwach nach vorwärts gekrümmt, gerundet und gerunzelt. Die Schnauze ist schmal, die Nase nicht aufgetrieben, die Nasenkuppe kahl und groß, die Oberlippe behaart und gefurcht. Thränengruben sind vorhanden, groß und frei-liegend. Haarbüschel sind weder an der Hand- noch Fußwurzel vor-handen. Die Hufe sind klein und zusammengedrückt. Klauendrüsen und Weichengruben fehlen. Das Scheitelhaar bildet keinen Schopf. Der Rücken ist nicht abschüssig. Am Vorderhalse befindet sich kein Haarbüschel.

Man kennt bis jetzt nur eine einzige Art:

Pediotragus Tragulus (*Antilope Tragulus.* F o r s t.) Süd-, Südwest- und Südost-Afrika, Cap der guten Hoffnung, Kaffernland, Mozambique.

„ „ *rufescens.* (*Antilope rufescens.* B u r c h e l l.) Süd- und Südwest-Afrika; Cap der guten Hoffnung.

„ „ *Grayi.* (*Calotragus Tragulus.* Var. G r a y.) Südwest-Afrika.

3. Gattung. Moschusantilope *(Nesotragus)*.

Die Zahl der Zitzen beträgt vier. Afterklauen fehlen. Der Schwanz ist kurz, und an der Spitze büschel- oder pinselartig behaart. Nur das Männchen ist gehörnt. Nebenhörner fehlen. Die Hörner sind nach rückwärts gerichtet, fast gerade, gerundet und geringelt. Die Schnauze ist schmal, die Nase nicht aufgetrieben, die Nasen-kuppe kahl und groß, die Oberlippe behaart und gefurcht. Thränen-

gruben sind vorhanden, groß und freiliegend. Haarbüschel sind weder
an der Hand noch Fußwurzel vorhanden. Die Hufe sind klein und zusammengedrückt. Klauendrüsen und Weichengruben fehlen. Das
Scheitelhaar bildet keinen Schopf. Der Rücken ist nicht abschüssig.
Am Vorderhalse befindet sich kein Haarbüschel.

Diese Gattung ist nur durch eine einzige Art repräsentirt:

Nesotragus moschatus. (*Nesotragus moschatus.* D ü b e n.) Afrika,
Mozambique, Insel bei Zanzibar.

4. Gattung. **Zwergantilope** *(Nanotragus).*

Die Zahl der Zitzen beträgt vier. Afterklauen fehlen. Der
Schwanz ist kurz, und an der Spitze büschel- oder pinselartig behaart. Nur das Männchen ist gehörnt. Nebenhörner fehlen. Die
Hörner sind nach aufwärts gerichtet, gerade, gerundet und geringelt.
Die Schnauze ist schmal, die Nase nicht aufgetrieben, die Nasenkuppe kahl und groß, die Oberlippe behaart und gefurcht. Thränengruben fehlen. Haarbüschel sind weder an der Hand- noch Fußwurzel vorhanden. Die Hufe sind klein und zusammengedrückt. Klauendrüsen und Weichengruben fehlen. Das Scheitelhaar bildet keinen
Schopf. Der Rücken ist nicht abschüssig. Am Vorderhalse befindet
sich kein Haarbüschel.

Hierher gehört nur eine einzige Art:

Nanotragus spiniger. (*Antilope spinigera.* T e m m i n c k). West-
Afrika, Guinea, Loango.

5. Gattung. **Felsenantilope** *(Calotragus).*

Die Zahl der Zitzen beträgt vier. Die Afterklauen sind abgeplattet
und klein. Der Schwanz ist sehr kurz, und an der Spitze büschel-
oder pinselartig behaart. Nur das Männchen ist gehörnt. Nebenhörner fehlen. Die Hörner sind nach aufwärts gerichtet, schwach nach
vorwärts gekrümmt, gerundet und geringelt. Die Schnauze ist
schmal, die Nase nicht aufgetrieben, die Nasenkuppe kahl und groß,
die Oberlippe behaart und gefurcht. Thränengruben sind vorhanden,
groß und freiliegend. Haarbüschel sind weder an der Hand- noch
Fußwurzel vorhanden. Die Hufe sind klein und zusammengedrückt.
Klauendrüsen und Weichengruben fehlen. Das Scheitelhaar bildet
keinen Schopf. Der Rücken ist nicht abschüssig. Am Vorderhalse befindet sich kein Haarbüschel.

Auch von dieser Gattung ist bis jetzt nur eine einzige Art mit Sicherheit bekannt:

Calotragus melanotis (*Antilope melanotis* Afzel). Süd-, Südwest- und Südost-Afrika, Cap der guten Hoffnung Mozambique.

„　　　„　*pallidus* (*Antilope pallida.* H. Smith). Südwest-Afrika.

6. Gattung. **Büschelantilope** *(Scopophorus).*

Die Zahl der Zitzen beträgt vier. Die Afterklauen sind abgeplattet und klein. Der Schwanz ist sehr kurz, und an der Spitze büschel- oder pinselartig behaart. Nur das Männchen ist gehörnt. Nebenhörner fehlen. Die Hörner sind nach aufwärts gerichtet, schwach nach vorwärts gekrümmt, gerundet und geringelt. Die Schnauze ist schmal, die Nase nicht aufgetrieben, die Nasenkuppe kahl und mittelgroß, die Oberlippe behaart und gefurcht. Thränengruben sind vorhanden, groß und freiliegend. Haarbüschel sind nur an der Handwurzel vorhanden. Die Hufe sind klein und zusammengedrückt. Klauendrüsen fehlen, Weichengruben sind vorhanden. Das Scheitelhaar bildet keinen Schopf. Der Rücken ist nicht abschüssig. Am Vorderhalse befindet sich kein Haarbüschel.

Bis jetzt sind nur drei Arten bekannt:

Scopophorus Ourebi. (*Antilope Ourebi.* Shaw.) Süd-Afrika, Cap der guten Hoffnung, Kaffernland.

„　　　„　*Grayi.* (*Scopophorus Ourebi. Var.* Gray.) Süd-Afrika, Cap der guten Hoffnung.

„　*hastatus.* (*Antilope hastata.* Peters). Südost-Afrika, Mozambique.

„　*montanus.* (*Antilope montana.* Cretzschm.) Afr. Abyssinien, Süd-Nubien, Sennaar, Fazoglo, Kordofán, Taka, Galabat, Senegambien, Gambia.

7. Gattung. **Schopfantilope** *(Cephalophus).*

Die Zahl der Zitzen beträgt vier. Die Afterklauen sind abgeplattet und klein. Der Schwanz ist kurz, und an der Spitze büschel- oder pinselartig behaart. Beide Geschlechter sind gehörnt. Nebenhörner fehlen. Die Hörner sind nach rückwärts gerichtet, gerade, ge-

rundet und geringelt. Die Schnauze ist schmal, die Nase nicht aufgetrieben, die Nasenkuppe kahl und groß, die Oberlippe behaart und
gefurcht. Thränengruben fehlen. Haarbüschel sind weder an der
Hand- noch Fußwurzel vorhanden. Die Hufe sind klein und zusammengedrückt. Klauendrüsen und Weichengruben fehlen. Das Scheitelhaar bildet einen Schopf. Der Rücken ist nicht abschüssig. Am
Vorderhalse befindet sich kein Haarbüschel.

Zu dieser Gattung gehören folgende Arten:

Cephalophus pygmaeus (*Antilope pygmaea.* Lichtenst.) Süd-
Afrika, Cap der guten Hoffnung.

„ „ *caffer.* (*Sylvicapra monticola. Var.* Sundev.) Südost-Afrika, Kaffernland, Mozambique.

„ „ *Sundevalli* (*Sylvicapra monticola. Var.*
Sundev.) Südost-Afrika, Insel bei Zanzibar.

„ *punctulatus.* (*Cephalophus punctulatus* Gray.) Afr.
Sierra Leone.

„ *Whitfieldii.* (*Cephalophus Whitfieldii.* Gray.) Afr.
Senegambien, Gambia.

„ *dorsalis* (*Cephalophus dorsalis.* Gray.) Afr. Sierra
Leone, Ashantee.

„ *rufilatus.* (*Cephalophus rufilatus.* Gray.) Afr. Sierra
Leone, Ashantee.

„ „ *Cuvieri.* (*Cephalophus rufilatus. Var.* Gray.)
Afr. Sierra Leone, Ashantee.

„ *natalensis.* (*Cephalophus Natalensis.* Gray.) Süd-
Afrika, Port Natal, Kaffernland.

„ *Frederici.* (*Antilope Frederici.* Laurill.) West-Afr.
Guinea, Senegambien, Senegal.

„ *melanorheus.* (*Cephalophus melanorheus.* Gray.) Afr.
Fernando-Po.

„ *altifrons.* (*Antilope altifrons.* Peters). Südost-
Afrika, Mozambique.

„ *sylvicultrix.* (*Antilope sylvicultrix.* Afzel.) Afr.
Sierra Leone.

„ *niger.* (*Cephalophus niger.* Gray.) Afr. Guinea,
Sierra Leone.

Cephalophus Ogilbyi (Cephalophus Ogilbyi. Gray,) Afr. Fernando-
Po, Ashantee.

8. Gattung, **Pinselantilope** *(Quadriscopa)*.

Die Zahl der Zitzen beträgt vier. Die Afterklauen sind abgeplattet und klein. Der Schwanz ist kurz, und buschig behaart. Nur
das Männchen ist gehörnt. Nebenhörner fehlen. Die Hörner sind
nach rückwärts gerichtet, gerade, gerundet und geringelt. Die
Schnauze ist schmal, die Nase nicht aufgetrieben, die Nasenkuppe
kahl und groß, die Oberlippe behaart und gefurcht. Thränengruben
sind vorhanden, klein und freiliegend. Haarbüschel sind sowohl an der
Hand- als Fußwurzel vorhanden. Die Hufe sind klein und zusammengedrückt. Klauendrüsen und Weichengruben sind vorhanden. Das
Scheitelhaar bildet einen Schopf. Der Rücken ist nicht abschüssig.
Am Vorderhalse befindet sich kein Haarbüschel.

Man kennt bis jetzt nur eine Art:

Quadriscopa Smithii. (Antilope quadriscopa. H. Smith.) West-
Afrika, Senegambien, Senegal.

9. Gattung. **Waldantilope** *(Sylvicapra)*.

Die Zahl der Zitzen beträgt vier. Die Afterklauen sind abgeplattet und klein. Der Schwanz ist kurz, und buschig behaart. Nur
das Männchen ist gehörnt. Nebenhörner fehlen. Die Hörner sind nach
rückwärts gerichtet, gerade, gerundet und geringelt. Die Schnauze
ist schmal, die Nase nicht aufgetrieben, die Nasenkuppe kahl und
groß, die Oberlippe behaart und gefurcht. Thränengruben fehlen.
Haarbüschel sind weder an der Hand- noch Fußwurzel vorhanden.
Die Hufe sind klein und zusammengedrückt. Klauendrüsen und Weichengruben sind vorhanden. Das Scheitelhaar bildet einen Schopf.
Der Rücken ist nicht abschüssig. Am Vorderhalse befindet sich kein
Haarbüschel.

Hierher gehören nachstehende Arten;

Sylvicapra mergens. (Antilope mergens Blainv.) Süd- und Südwest-Afrika, Cap der guten Hoffnung.

„   „   *caffra. (Sylvicapra mergens. Var. β.* Sundev.)
Südost-Afrika, Kaffernland.

„   *Campbelliae. (Cephalophus Campbelliae.* Gray.) Südost-Afrika, Mozambique.

Sylvicapra ocularis. (*Antilope ocularis.* Peters.) Südost-Afrika,
    Mozambique.
  „   *Grimmia.* (*Antilope Grimmia.* Pall.) West - Afrika,
    Guinea.
  „   *coronata.* (*Cephalophus coronatus.* Gray.) West-Afrika,
    Senegambien, Gambia, Macarthy-Insel.
  „   *Madoqua.* (*Antilope Madoqua.* Rüppell.) Afr. Abyssi-
    nien, Ost-Sennaar, Fazoglo, Galla-Land.

10. Gattung. Schlankantilope (*Neotragus*).

Die Zahl der Zitzen beträgt vier. Die Afterklauen sind abgeplattet und klein. Der Schwanz ist sehr kurz, und buschig behaart.
Nur das Männchen ist gehörnt. Nebenhörner fehlen. Die Hörner sind
nach rückwärts gerichtet, schwach nach vorwärts gekrümmt, gerundet
und geringelt. Die Schnauze ist schmal, die Nase nicht aufgetrieben,
die Nasenkuppe behaart, die Oberlippe behaart und gefurcht. Thränengruben sind vorhanden, klein und freiliegend. Haarbüschel sind
weder an der Hand- noch Fußwurzel vorhanden. Die Hufe sind klein
und zusammengedrückt. Klauendrüsen sind vorhanden, Weichengruben fehlen. Das Scheitelhaar bildet einen Schopf. Der Rücken ist
nicht abschüssig. Am Vorderhalse befindet sich kein Haarbüschel.

Die einzige seither behannt gewordene Art ist:
Neotragus hemprichianus. (*Antilope saltiana.* Blainv.) Afr. Abys-
    sinien, Somàli-Land, Taka, Bóghos-Land, Homràu, Bahr-
    el-abiad, Kordofán.

11. Gattung. Riedantilope (*Redunca*).

Die Zahl der Zitzen beträgt vier. Die Afterklauen sind abgeplattet und mittelgroß. Der Schwanz ist kurz, und zottig behaart.
Nur das Männchen ist gehörnt. Nebenhörner fehlen. Die Hörner sind
nach aufwärts gerichtet, nach vorwärts gekrümmt, gerundet und ge-
ringelt. Die Schnauze ist schmal, die Nase nicht aufgetrieben, die
Nasenkuppe kahl und groß, die Oberlippe behaart und gefurcht.
Thränengruben fehlen. Haarbüschel sind weder an der Hand- noch
Fußwurzel vorhanden. Die Hufe sind mittelgroß und zusammenge-
drückt. Klauendrüsen fehlen, Weichengruben sind vorhanden. Das
Scheitelhaar bildet keinen Schopf. Der Rücken ist nicht abschüssig.
Am Vorderhalse befindet sich kein Haarbüschel.

Zu dieser Gattung gehören nachstehende Arten:

Redunca Capreolus. (*Antilope Capreolus.* Lichtenst.) Süd-Afrika, Cap der guten Hoffnung.

„　*Eleotragus.* (*Antilope Eleotragus.* Schreber.) Süd-Afrika, Cap der guten Hoffnung.

„　　*isabellina.* (*Antilope isabellina.* Afzel.) Süd-Südost- und Central-Afrika, Cap der guten Hoffnung, Mozambique, Sobat, Kir, Oberer Bahr-el-abiad.

„　　„　　*multiannulata.* (*Cervicapra isabellina.* Var. β. Sundev.) Süd-Afrika, Port Natal.

„　　„　　*caffra.* (*Cervicapra isabellina.* Var. γ. Sundev.) Süd-Afrika, Kaffernland.

„　　„　　*algoënsis.* (*Cervicapra isabellina.* Var. δ. Sundev.) Süd-Afrika, Algoa-Bai.

„　　*redunca.* (*Antilope redunca.* Pall.) West-Afrika, Senegambien, Senegal, Gambia.

„　　„　　*senegalensis.* (*Cervicapra redunca.* Sundev.) West-Afrika, Senegambien, Senegal.

„　*Bohor.* (*Antilope Bohor.* Rüppell.) Afr. Abyssinien, Habab-Gehirge, Galabat.

12. Gattung. Tschikara-Antilope *(Tetraceras)*.

Die Zahl der Zitzen beträgt vier. Die Afterklauen sind abgeplattet und mittelgroß. Der Schwanz ist sehr kurz, und buschig behaart. Nur das Männchen ist gehörnt. Nebenhörner sind vorhanden. Die Hörner sind nach auf- und rückwärts gerichtet, schwach nach vorwärts gekrümmt, gerundet und gerunzelt, die Nebenhörner gerade, kegelförmig und glatt. Die Schnauze ist schmal, die Nase nicht aufgetrieben, die Nasenkuppe kahl und groß, die Oberlippe behaart und gefurcht. Thränengruben sind vorhanden, mittelgroß und freiliegend. Haarbüschel sind weder an der Hand- noch Fußwurzel vorhanden. Die Hufe sind klein und zusammengedrückt. Klauendrüsen und Weichengruben fehlen. Das Scheitelhaar bildet keinen Schopf. Der Rücken ist nicht abschüssig. Am Vorderhalse befindet sich kein Haarbüschel.

Die beiden hierher gehörigen Arten sind:

Tetraceras quadricornis (*Antilope quadricornis.* Blainv.). As. Indien, Thibet, Himalaya.

Tetraceras subquadricornis (*Antilope subquadricornis*. Elliot). As. Indien, Madras.

III. Gruppe. Ziegenartige Antilopen *(Antilopae caprinae)*.

Der Schwanz ist kurz oder sehr kurz. Die Afterklauen sind aufgetrieben und groß.

1. Gattung. Klippenantilope *(Oreotragus)*.

Die Zahl der Zitzen beträgt zwei. Die Afterklauen sind aufgetrieben und groß. Der Schwanz ist sehr kurz, und buschig behaart. Nur das Männchen ist gehörnt. Nebenhörner fehlen. Die Hörner sind nach aufwärts gerichtet, gerade, gerundet und gerunzelt. Die Schnauze ist schmal, die Nase nicht aufgetrieben, die Nasenkuppe kahl und groß, die Oberlippe behaart und gefurcht. Thränengruben sind vorhanden, klein und freiliegend. Haarbüschel sind weder an der Hand- noch Fußwurzel vorhanden. Die Hufe sind groß und zusammengedrückt. Klauendrüsen und Weichengruben fehlen. Das Scheitelhaar bildet keinen Schopf. Der Rücken ist nicht abschüssig. Am Vorderhalse befindet sich kein Haarbüschel.

Es sind nur zwei Arten bekannt:

Oreotragus saltatrix. (*Antilope Oreotragus*. Forster.) Afr. Cap der guten Hoffnung, Mozambique.

„   *saltatrixoides.* (*Antilope saltatrixoides*. Temminck.) Afr. Abyssinien, Ost-Sennaar, Fazoglo, Taka.

2. Gattung. Steinziegenantilope *(Capricornis)*.

Die Zahl der Zitzen beträgt vier. Die Afterklauen sind aufgetrieben und groß. Der Schwanz ist kurz, und buschig beharrt. Beide Geschlechter sind gehörnt. Nebenhörner fehlen. Die Hörner sind nach aufwärts gerichtet, nach rückwärts gekrümmt, gerundet und geringelt. Die Schnauze ist schmal, die Nase nicht aufgetrieben, die Nasenkuppe kahl und groß, die Oberlippe behaart und gefurcht. Thränengruben sind vorhanden, klein und freiliegend. Haarbüschel sind weder an der Hand- noch Fußwurzel vorhanden. Die Hufe sind groß und zusammengedrückt. Klauendrüsen sind vorhanden, Weichengruben fehlen. Das Scheitelhaar bildet keinen Schopf. Der Rücken ist nicht abschüssig. Am Vorderhalse befindet sich kein Haarbüschel.

Die beiden dieser Gattung angehörigen Arten sind:

Capricornis sumatrensis. (*Antilope sumatrensis.* Shaw.) As. Sumatra.

„ *bubalina.* (*Antilope bubalina.* Hodgson.) As. Nepal.

3. Gattung. Waldziegenantilope *(Nemorhoedus)*.

Die Zahl der Zitzen beträgt vier. Die Afterklauen sind aufgetrieben und groß. Der Schwanz ist sehr kurz, und an der Spitze pinselartig behaart. Beide Geschlechter sind gehörnt. Nebenhörner fehlen. Die Hörner sind nach aufwärts gerichtet, nach rückwärts gekrümmt, gerundet und geringelt. Die Schnauze ist schmal, die Nase nicht aufgetrieben, die Nasenkuppe behaart, die Oberlippe behaart und gefurcht. Thränengruben fehlen. Haarbüschel sind weder an der Hand- noch Fußwurzel vorhanden. Die Hufe sind groß und zusammengedrückt. Klauendrüsen sind vorhanden, Weichengruben fehlen. Das Scheitelhaar bildet keinen Schopf. Der Rücken ist nicht abschüssig. Am Vorderhalse befindet sich kein Haarbüschel.

Man kennt bis jetzt nur eine einzige Art:

Nemorhoedus Goral. (*Antilope Goral.* Hardwicke.) As. Nepal, Thibet, Himalaya.

4. Gattung. Ziegenantilope *(Caprina)*.

Die Zahl der Zitzen beträgt vier. Die Afterklauen sind aufgetrieben und groß. Der Schwanz ist sehr kurz, und buschig behaart. Beide Geschlechter sind gehörnt. Nebenhörner fehlen. Die Hörner sind nach aufwärts gerichtet, nach rückwärts gekrümmt, gerundet und geringelt. Die Schnauze ist schmal, die Nase nicht aufgetrieben, die Nasenkuppe kahl und groß, die Oberlippe behaart und gefurcht. Thränengruben fehlen. Haarbüschel sind weder an der Hand- noch Fußwurzel vorhanden. Die Hufe sind groß und zusammengedrückt. Klauendrüsen sind vorhanden, Weichengruben fehlen. Das Scheitelhaar bildet keinen Schopf. Der Rücken ist nicht abschüssig. Am Vorderhalse befindet sich kein Haarbüschel.

Diese Gattung ist nur durch eine einzige Art repräsentirt:

Caprina crispa. (*Antilope crispa.* Temminck.) As. Japan, Insel Nippon und Sikok.

5. Gattung. **Gemse** *(Rupicapra)*.

Die Zahl der Zitzen beträgt vier. Die Afterklauen sind aufgetrieben und groß. Der Schwanz ist sehr kurz, und buschig behaart. Beide Geschlechter sind gehörnt. Nebenhörner fehlen. Die Hörner sind nach aufwärts gerichtet, gegen die Spitze hakenförmig nach rückwärts gekrümmt, gerundet und gerunzelt. Die Schnauze ist schmal, die Nase nicht aufgetrieben, die Nasenkuppe kahl und sehr klein, die Oberlippe beharrt und gefurcht. Thränengruben fehlen. Haarbüschel sind weder an der Hand- noch Fußwurzel vorhanden. Die Hufe sind groß und zusammengedrückt. Klauendrüsen und Weichengruben fehlen. Das Scheitelhaar bildet keinen Schopf. Der Rücken ist nicht abschüssig. Am Vorderhalse befindet sich kein Haarbüschel.

Die beiden zu dieser Gattung gehörigen Arten sind:

Rupicapra Capella (Antilope Rupicapra. Pallas.) Eur. Österreich, Steiermark, Kärnthen, Krain, Tyrol, Baiern, Schweiz, Neapel, Griechenland, Siebenbürgen, Ungarn, Galizien. — As. Kaukasien.

„   „   *alpina. (Rupicapra rupicapra, alpina.* Sundev.) Eur. Schweiz.

„   *pyrenaica (Antilope pyrenaica.* Schinz.). Eur. Spanien, Pyrenäen.

6. Gattung. **Takin-Antilope** *(Budorcas)*.

Die Zahl der Zitzen beträgt vier. Die Afterklauen sind aufgetrieben und groß. Der Schwanz ist sehr kurz, und buschig behaart. Beide Geschlechter sind gehörnt. Nebenhörner fehlen. Die Hörner sind nach auf- und abwärts gebogen, nach rückwärts gerichtet, flachgedrückt und gerunzelt. Die Schnauze ist schmal, die Nase nicht aufgetrieben, die Nasenkuppe mit Ausnahme eines breiten kahlen Randes um die Nasenlöcher behaart, die Oberlippe behaart und gefurcht. Thränengruben fehlen. Haarbüschel sind weder an der Hand- noch Fußwurzel vorhanden. Die Hufe sind groß und gerundet. Klauendrüsen und Weichengruben fehlen. Das Scheitelhaar bildet keinen Schopf. Der Rücken ist nicht abschüssig. Am Vorderhalse befindet sich kein Haarbüschel.

Es ist bis jetzt nur eine einzige Art bekannt:

Budorcas taxicolor. (*Budorcas taxicolor.* Hodgson). As. Indien,
Ost-Himalaya.

IV. Gruppe. **Hirschartige Antilopen** *(Antilopae cervinae).*

Der Schwanz ist mittellang, der Rücken nicht abschüssig. Nur
das Männchen ist gehörnt.

1. Gattung. **Zangenantilope** *(Pseudokobus).*

Die Zahl der Zitzen beträgt zwei. Die Afterklauen sind abgeplattet und mittelgroß. Der Schwanz ist mittellang, und buschig
behaart. Nur das Männchen ist gehörnt. Nebenhörner fehlen. Die
Hörner sind nach aufwärts gerichtet, leierförmig gekrümmt, gerundet
und geringelt. Die Schnauze ist ziemlich breit, die Nase nicht aufgetrieben, die Nasenkuppe kahl und klein, die Oberlippe behaart und
gefurcht. Thränengruben sind vorhanden, klein und freiligend. Haarbüschel sind nur an der Handwurzel vorhanden. Die Hufe sind mittelgroß und nur wenig zusammengedrückt. Klauendrüsen und Weichen-
gruppen sind vorhanden. Das Scheitelhaar bildet keinen Schopf. Der
Rücken ist nicht abschüssig. Am Vorderhalse befindet sich kein Haarbüschel.

Die einzige seither bekannt gewordene Art ist:

Pseudokobus forfex. (*Antilope forfex.* H. Smith.) Afr. Senegambien.

„   „   *Fraseri.* (*Antilope adenota.* H. Smith.) West-
und Central-Afrika.

2. Gattung, **Hirschantilope** *(Adenota).*

Die Zahl der Zitzen beträgt vier. Die Afterklauen sind abgeplattet und mittelgroß. Der Schwanz ist mittellang, und buschig behaart. Nur das Männchen ist gehörnt. Nebenhörner fehlen. Die Hörner
sind nach aufwärts gerichtet, leierförmig gekrümmt, gerundet und
geringelt. Die Schnauze ist ziemlich breit, die Nase nicht aufgetrieben, die Nasenkuppe kahl und klein, die Oberlippe behaart und gefurcht. Thränengruben fehlen und an ihrer Stelle befindet sich ein
Haarbüschel. Haarbüschel sind weder an der Hand- noch Fußwurzel
vorhanden. Die Hufe sind mittelgroß und nur wenig zusammenge-

drückt. Klauendrüsen und Weichengruben sind vorhanden. Das Scheitelhaar bildet keinen Schopf. Der Rücken ist nicht abschüssig. Am Vorderhalse befindet sich kein Haarbüschel.

Man kennt bis jetzt nur eine einzige Art:

Adenota Kob. (*Antilope annulipes.* Gray.) Afr. Senegambien.

„   „   *Buffonii.* (*Antilope Kob.* Erxleb.) Afr. Senegambien.

„   „   *Sing-sing.* (*Adenota Kob. Var.* Gray.) Afr. Senegambien.

3. Gattung. Schafantilope (*Tragelaphus*).

Die Zahl der Zitzen beträgt vier. Die Afterklauen sind abgeplattet und klein. Der Schwanz ist mittellang, und buschig behaart. Nur das Männchen ist gehörnt. Nebenhörner fehlen. Die Hörner sind nach aufwärts gerichtet, gerade, spiralförmig gedreht, gekielt und dicht gerunzelt. Die Schnauze ist ziemlich breit, die Nase nicht aufgetrieben, die Nasenkuppe kahl und groß, die Oberlippe behaart und gefurcht. Thränengruben fehlen. Haarbüschel sind weder an der Hand- noch Fußwurzel vorhanden. Die Hufe sind klein und nur wenig zusammengedrückt. Klauendrüsen fehlen, Weichengruben sind vorhanden. Das Scheitelhaar bildet keinen Schopf. Der Rücken ist nicht abschüssig. Am Vorderhalse befindet sich kein Haarbüschel.

Hierher gehören folgende Arten:

Tragelaphus euryceros. (*Antilope euryceros.* Ogilby.) West-Afrika, Senegambien.

„   *Angasii.* (*Tragelaphus Angasii.* Gray.) Afr. Port Natal.

„   *scriptus.* (*Antilope scripta.* Pallas.) Afr. Senegambien.

„   *phaleratus.* (*Tragelaphus phaleratus.* H. Smith.) Afr. Congo.

„   *Zebra.* (*Antilope Zebra.* Gray.) Afr. Sierra Leone.

„   *Decula.* (*Antilope Decula.* Rüppell.) Afr. Abyssinien, Bahr-el-abiad, Sobat, Bahr-el-ghasál, Kidj-Negerland.

„   *sylvaticus.* (*Antilope sylvatica.* Sparrmann.) Afr. Cap der guten Hoffnung, Kaffernland, Mozambique.

Tragelaphus sylvaticus Ronleynei. (Tragelaphus sylvaticus. Var. Gray.) Afr. Limpopo.

4. Gattung. **Wasserantilope** *(Hydrotragus)*.

Die Zahl der Zitzen beträgt vier. Die Afterklauen sind abgeplattet und mittelgroß. Der Schwanz ist mittellang, und endiget in eine Quaste. Nur das Männchen ist gehörnt. Nebenhörner fehlen. Die Hörner sind nach aufwärts gerichtet, leierförmig gekrümmt, gerundet und geringelt. Die Schnauze ist ziemlich breit, die Nase nicht aufgetrieben, die Nasenkuppe kahl und klein, die Oberlippe behaart und gefurcht. Thränengruben fehlen. Haarbüschel sind weder an der Hand- noch Fußwurzel vorhanden. Die Hufe sind mittelgroß und nur wenig zusammengedrückt. Klauendrüsen und Weichengruben sind vorhanden. Das Scheitelhaar bildet keinen Schopf. Der Rücken ist nicht abschüssig. Am Vorderhalse befindet sich kein Haarbüschel.

Die zu dieser Gattung gehörigen Arten sind:

Hydrotragus Kul. (Adenota Kul. Heuglin.) Afr. Sobat, Süd-Kordofân?

„   *leucotis. (Antilope leucotis.* Lichtenst. Peters.) Afr. Sennaar, Sobat, Bahr-el-ghasâl.

„   *Wuil. (Adenota Wuil.* Heuglin.) Afr. Sobat.

„   *Leche (Adenota Leché.* Gray.) Afr. Zenga, Bahr-el-abiad.

„   *megaceros. (Adenota megaceros.* Heuglin). Afr. Sudân, Bahr-el-abiad, Sobat, Bahr-el-ghasâl, Unterer Kir.

5. Gattung. **Mähnenantilope** *(Kobus)*.

Die Zahl der Zitzen beträgt vier. Die Afterklauen sind abgeplattet und mittelgroß. Der Schwanz ist mittellang, und endiget in eine Quaste. Nur das Männchen ist gehörnt. Nebenhörner fehlen. Die Hörner sind nach aufwärts gerichtet, fast leierförmig gekrümmt, gerundet und geringelt. Die Schnauze ist ziemlich breit, die Nase nicht aufgetrieben, die Nasenkuppe kahl und mittelgroß, die Oberlippe behaart und gefurcht. Thränengruben fehlen. Haarbüschel sind weder an der Hand- noch Fusswurzel vorhanden. Die Hufe sind mittelgroß und nur wenig zusammengedrückt. Klauendrüsen und Weichengruben fehlen. Das Scheitelhaar bildet keinen Schopf. Der Rücken ist nicht abschüssig. Am Vorderhalse befindet sich kein Haarbüschel.

Man kennt nur drei Arten:

Kobus ellipsiprymnus. (*Antilope ellipsiprymna.* Ogilby.) Afr.
        Kaffernland, Mozambique, Bahr-el-abiad.

„ *Bor.* (*Kobus Bor.* Heuglin.) Afr. Bahr-el-abiad, Sobat,
        Gazellenfluss.

„ *Defassa.* (*Antilope Defassa.* Rüppell.) Afr. West-Abyssinien,
        Süd-Kordofan, Bahr-el-abiad.

„   „   *unctuosa.* (*Antilope unctuosa.* Laurill.) Afr. Sene-
        gambien.

6. Gattung. Kudu-Antilope (*Strepsiceros*).

Die Zahl der Sitzen beträgt vier. Die Afterklauen sind abgeplattet und mittelgroß. Der Schwanz ist mittellang, und endiget in
eine Quaste. Nur das Männchen ist gehörnt. Nebenhörner fehlen. Die
Hörner sind nach aufwärts gerichtet, spiralförmig gewunden, gekielt
und glatt. Die Schnauze ist ziemlich breit, die Nase nicht aufgetrieben, die Nasenkuppe kahl und mittelgroß, die Oberlippe behaart und
gefurcht. Thränengruben fehlen. Haarbüschel sind weder an der Hand-
noch Fußwurzel vorhanden. Die Hufe sind mittelgroß und nur wenig
zusammengedrückt. Klauendrüsen fehlen. Weichengruben sind vorhanden. Das Scheitelhaar bildet keinen Schopf. Der Rücken ist nicht
abschüssig. Am Vorderhalse befindet sich kein Haarbüschel.

Der einzige bis jetzt bekannte Repräsentant dieser Gattung ist:

Strepsiceros Kudu. (*Antilope strepsiceros.* Pallas.) Afr. Cap der
        guten Hoffnung, Mozambique, Guinea.

„   „   *abyssinicus.* (*Strepsiceros Kudu. Var.* Gray.)
        Afr. Abyssinien, Somàli-Land, Sennaar, Kordo-
        fàn, Bóghos-Land.

V. Gruppe. Pferdartige Antilopen (*Antilopae equinae*).

Der Schwanz ist mittellang, der Rücken nicht abschüssig. Beide
Geschlechter sind gehörnt.

1. Gattung. Pferdantilope (*Aegoceros*).

Die Zahl der Zitzen beträgt zwei. Die Afterklauen sind abgeplattet und mittelgroß. Der Schwanz ist mittellang, und endiget in
eine Quaste. Beide Geschlechter sind gehörnt. Nebenhörner fehlen.

Die Hörner sind nach aufwärts gerichtet, nach rückwärts gekrümmt, gerundet und geringelt. Die Schnauze ist ziemlich breit, die Nase nicht aufgetrieben, die Nasenkuppe kahl und klein, die Oberlippe behaart und gefurcht. Thränengruben fehlen und an ihrer Stelle befindet sich ein Haarbüschel. Haarbüschel sind weder an der Hand- noch Fußwurzel vorhanden. Die Hufe sind mittelgroß und nur wenig zusammengedrückt. Klauendrüsen und Weichengruhen fehlen. Das Scheitelhaar bildet keinen Schopf. Der Rücken ist nicht abschüssig. Am Vorderhalse befindet sich kein Haarbüschel.

Hierzu gehören folgende Arten:

Aegoceros equinus. (*Antilope equina.* Geoffr.) Süd- und West-Afrika, Cap der guten Hoffnung, Gariepfluß, Bahr-el-abiad? Senegambien?

„　*leucophaeus.* (*Antilope leucophaea.* Pall.) Afr. Cap der guten Hoffnung.

„　*Bakeri.* (*Aegoceros Bakeri.* Heuglin.) Afr. Galabat, Djebel Gedaui, Bahr-el-Salam, Atbara, Ost-Sennaar, Fazoglo. Djebel Qul, Rórah.

„　*niger.* (*Aegocerus niger.* Harris.) Afr. Schilluk-Länder, Süd-Kordofàn, Kaffernland, Mozambique.

2. Gattung. **Spiessantilope** (*Oryx*).

Die Zahl der Zitzen beträgt vier. Die Afterklauen sind abgeplattet und groß. Der Schwanz ist mittellang, und endiget in eine Quaste. Beide Geschlechter sind gehörnt. Nebenhörner fehlen. Die Hörner sind nach aufwärts gerichtet, gerade, oder auch mehr oder weniger schwach nach rückwärts gebogen, gerundet und in ihrer unteren Hälfte geringelt. Die Schnauze ist ziemlich breit, die Nase nicht aufgetrieben, die Nasenkuppe behaart, die Oberlippe behaart und ungefurcht. Thränengruben fehlen. Haarbüschel sind weder an der Hand- noch Fußwurzel vorhanden. Die Hufe sind groß und gerundet. Klauendrüsen sind vorhanden, Weichengruben fehlen. Das Scheitelhaar bildet keinen Schopf. Der Rücken ist nicht abschüssig. Am Vorderhalse befindet sich kein Haarbüschel.

Hierher gehören folgende Arten:

Oryx Leucoryx. (*Antilope Leucoryx.* Lichtenst.) Afr. Ägypten, Fajum, Nubien, Dongola. Bajuda-Wüste, Kordofàn, Berber, Taka, Tchad-See, Ost-Sennaar, Samàli-Land?

Oryx Leucoryx Pallasii. (*Antilope Leucoryx.* Pall.) As. Ost-
 Arabien, Persien.

„ *bezoarticus.* (*Antilope bezoartica.* Erxleb.) Afr. Senegambien,
 Sennaar, Kordofän, Dongola, Nubien.

„ *Beisa.* (*Antilope Beisa.* Rüppell.) Afr. Abyssinien, Dana-
 kil- und Somàli-Land, Taka, Nord-Kordofän.

„ *capensis.* (*Antilope Oryx.* Pall.) Afr. Cap der guten Hoffnung.

3. Gattung. Mendesantilope (*Addax*).

Die Zahl der Zitzen beträgt vier. Die Afterklauen sind abgeplattet und groß. Der Schwanz ist mittellang, und endiget in eine
Quaste. Beide Geschlechter sind gehörnt. Nebenhörner fehlen. Die
Hörner sind nach auf- und rückwärts gerichtet, leier- oder spiralförmig gewunden, gerundet und ihrer größten Länge nach geringelt.
Die Schnauze ist ziemlich breit, die Nase nicht aufgetrieben, die Nasenkuppe behaart, die Oberlippe behaart und ungefurcht. Thränengruben fehlen. Haarbüschel sind weder an der Hand- noch Fußwurzel vorhanden. Die Hufe sind groß und gerundet. Klauendrüsen
sind vorhanden, Weichengruben fehlen. Das Scheitelhaar bildet keinen Schopf. Der Rücken ist nicht abschüssig. Am Vorderhalse befindet sich kein Haarbüschel.

Die beiden zu dieser Gattung gehörigen Arten sind:

Addax nasomaculatus. (*Antilope nasomaculata.* Blainv.) Nord-
 und Central-Afrika, Nubien, Bajuda-Wüste,
 Dongola, Sennaar, Kordofän.

„ *suturosus.* (*Antilope suturosa.* Otto.) Nord-Afrika, Ägypten, Libysche Wüste.

4. Gattung. Elennantilope (*Boselaphus*).

Die Zahl der Zitzen beträgt vier. Die Afterklauen sind abgeplattet und groß. Der Schwanz ist mittellang, und endiget in eine
Quaste. Beide Geschlechter sind gehörnt. Nebenhörner fehlen. Die
Hörner sind nach rückwärts gerichtet, gerade, spiralförmig gedreht,
gekielt und in ihrer unteren Hälfte dicht gerunzelt. Die Schnauze
ist breit, die Nase nicht aufgetrieben, die Nasenkuppe kahl und groß,
die Oberlippe behaart und ungefurcht. Thränengruben fehlen. Haarbüschel sind weder an der Hand- noch Fußwurzel vorhanden. Die

Hufe sind groß und gerundet. Klauendrüsen und Weichengruben fehlen. Das Scheitelhaar bildet keinen Schopf. Der Rücken ist nicht. abschüssig. Am Vorderhalse befindet sich ein langer Haarbüschel.

Bis jetzt sind nur drei Arten bekannt:

Boselaphus gigas. (*Boselaphus gigas.* Heuglin.) Afr. Oberer Bahr-el-abiad.

„ *Oreas.* (*Antilope Oreas.* Pall.) Süd- und Central-Afrika, Cap der guten Hoffnung, Gariepfluß, Bahr-el-abiad, Sobat, Berri- und Kidj-Negerland.

„ *derbyanus.* (*Oreas Derbyanus.* Gray.) West-Afrika, Casamanfluß.

5. Gattung. **Büffelantilope** *(Anoa)*.

Die Zahl der Zitzen beträgt vier. Die Afterklauen sind abgeplattet und groß. Der Schwanz ist mittellang, und endiget in eine Quaste. Beide Geschlechter sind gehörnt. Nebenhörner fehlen. Die Hörner sind nach rückwärts gerichtet, gerade, flachgedrückt- dreiseitig und in ihrer unteren Hälfte geringelt. Die Schnauze ist breit, die Nase nicht aufgetrieben, die Nasenkuppe kahl und groß, die Oberlippe behaart und ungefurcht. Thränengruben fehlen. Haarbüschel sind weder an der Hand- noch Fußwurzel vorhanden. Die Hufe sind groß und gerundet. Klauendrüsen und Weichengruben fehlen. Das Scheitelhaar bildet keinen Schopf. Der Rücken ist nicht abschüssig. Am Vorderhalse befindet sich kein Haarbüschel.

Man kennt bis jetzt nur eine einzige Art :

Anoa depressicornis (*Antilope depressicornis.* H. Smith.) Asien, Celebes, Ceylon?

VI. Gruppe. **Rindartige Antilopen** *(Antilopae bovinae)*.

Der Schwanz ist mittellang, der Rücken abschüssig. Beide Geschlechter sind gehörnt.

1. Gattung. **Kuhantilope** *(Acronotus)*.

Die Zahl der Zitzen beträgt zwei. Die Afterklauen sind abgeplattet und mittelgroß. Der Schwanz ist mittellang, und endiget in eine Quaste. Beide Geschlechter sind gehörnt. Nebenhörner fehlen. Die Hörner sind nach aufwärts gerichtet, leierförmig, gegen die Spitze

plötzlich in einem Winkel nach rückwärts gebogen, gerundet und geringelt. Die Schnauze ist breit, die Nase nicht aufgetrieben, die Nasenkuppe kahl und mittelgroß, die Oberlippe behaart und gefurcht.
Thränengruben sind vorhanden, sehr klein und von einem Haarbüschel bedeckt. Haarbüschel sind weder an der Hand- noch Fußwurzel vorhanden. Die Hufe sind mittelgroß und zusammengedrückt.
Klauendrüsen sind vorhanden, Weichengruben fehlen. Das Scheitelhaar bildet keinen Schopf. Der Rücken ist abschüssig. Am Vorderhalse befindet sich kein Haarbüschel.

Es sind bis jetzt nur drei Arten bekannt :

Acronotus Bubalis. (*Antilope Bubalis.* Pallas). Nordwest- und
   Central-Afrika, Marocco, Fez, Algier, Tunis,
   Tripoli, Barka, Taka, Galabat, Südost-Nubien,
   Ost-Sennaar, Bahr-el-abiad.

„ *Lichtensteinii.* (*Antilope Lichtensteinii.* Peters.) Ost-
   Afrika, Mozambique.

„ *Caama.* (*Antilope Caama.* Cuv.) Afrika. Cap der guten
   Hoffnung, Atwot und Djur, Süd-Kordofân.

2. Gattung. Rindantilope *(Damalis).*

Die Zahl der Zitzen beträgt zwei. Die Afterklauen sind abgeplattet und mittelgroß. Der Schwanz ist mittellang, und endiget in
eine Quaste. Beide Geschlechter sind gehörnt. Nebenhörner fehlen.
Die Hörner sind nach aufwärts gerichtet, leierförmig gekrümmt, gerundet und geringelt. Die Schnauze ist breit, die Nase nicht aufgetrieben, die Nasenkuppe kahl und mittelgroß, die Oberlippe behaart
und gefurcht. Thränengruben sind vorhanden, klein und freiliegend.
Haarbüschel sind weder an der Hand- noch Fußwurzel vorhanden.
Die Hufe sind mittelgroß und zusammengedrückt. Klauendrüsen sind
vorhanden, Weichengruben fehlen. Das Scheitelhaar bildet keinen
Schopf. Der Rücken ist abschüssig. Am Vorderhalse befindet sich
kein Haarbüschel.

Zu dieser Gattung gehören folgende Arten:

Damalis lunata. (*Damalis lunata.* H. Smith.) Südost-Afrika, Kaffernland.

Damalis senegalensis. (*Antilope senegalensis.* Cuv.) West- und
　　　Central-Afrika, Senegambien, Senegal, Gam-
　　　bia, Macarthy-Insel, Bornu, Sennaar, Bahr-el-
　　　abiad.

„　　*Tiang.* (*Damalis Tiang.* Heuglin.) Afr. Sobat, Bahr-el-
　　　ghasàl, Kir.

„　　*Tiang-riel.* (*Damalis Tiang-riel.* Heuglin.) Afr. Bahr-
　　　el-abiad.

„　　*pygarga.* (*Antilope pygarga.* Pall.) Süd- und Südwest-
　　　Afrika, Cap der guten Hoffnung.

„　　*albifrons.* (*Antilope albifrons.* Harris.) Afr. Cap der gu-
　　　ten Hoffnung.

3. Gattung. Nylgau-Antilope *(Portax)*.

Die Zahl der Zitzen beträgt vier. Die Afterklauen sind abgeplattet und groß. Der Schwanz ist mittellang, und endiget in eine
Quaste. Beide Geschlechter sind gehörnt. Nebenhörner fehlen. Die
Hörner sind nach aufwärts gerichtet, kegelförmig, gerundet und glatt.
Die Schnauze ist breit, die Nase nicht aufgetrieben, die Nasenkuppe
kahl und groß, die Oberlippe behaart und ungefurcht. Thränengruben sind vorhanden, sehr klein und freiliegend. Haarbüschel sind
weder an der Hand- noch Fußwurzel vorhanden. Die Hufe sind groß
und gerundet. Klauendrüsen sind vorhanden, Weichengruben fehlen.
Das Scheitelhaar bildet keinen Schopf. Der Rücken ist abschüssig.
Am Vorderhalse befindet sich ein langer Haarbüschel.

Die einzige bekannt gewordene Art ist:

Portax pictus. (*Antilope picta.* Pallas.) As. Indien.

4. Gattung. Gnu-Antilope *(Catoblepas)*.

Die Zahl der Zitzen beträgt vier. Die Afterklauen sind abgeplattet und groß. Der Schwanz ist mittellang, und schon von der
Wurzel an lang behaart. Beide Geschlechter sind gehörnt. Nebenhörner fehlen. Die Hörner sind nach abwärts gebogen, mit der Spitze
nach aufwärts gerichtet, flachgedrückt und glatt. Die Schnauze ist
sehr breit, die Nase nicht aufgetrieben, die Nasenkuppe kahl und
klein, die Oberlippe behaart und ungefurcht. Thränengruben fehlen
und an ihrer Stelle befindet sich ein Drüsenhöcker. Haarbüschel sind
weder an der Hand- noch Fußwurzel vorhanden. Die Hufe sind groß

und nur wenig zusammengedrückt. Klauendrüsen sind vorhanden, Weichengruben fehlen. Das Scheitelhaar bildet keinen Schopf. Der Rücken ist abschüssig. Am Vorderhalse befindet sich kein Haarbüschel.

Man kennt bis jetzt nur drei Arten:

Catoblepas Gnu. (*Antilope Gnu.* Zimmerm.) Afr. Cap der guten Hoffnung, Bahr-el-abiad, Fazoglo, Sennaar.

„ *taurinus.* (*Antilope taurina.* Burch.) Süd-Afrika, Betjuanenland.

„ *Gorgon.* (*Catoblepas Gorgon.* H. Smith.) Süd-Afrika, Orangefluß, Kaffernland, Mozambique.